은혜와 감동이 있는 성극집

내 친구를 찾습니다

김창수 지음

내 친구를 찾습니다

책머리에

겨자의 작은 씨앗을 뿌립니다. 보기에는 작아보이지만 그 속에는 생명이 있습니다. 그 속에는 꿈이 있습니다. 파란나라의 생명에 곱고 찬란한 꿈이 싹을 틔웁니다. 고난의 세월을 견디고 큰 나무가 되어 그 생명의 꿈을 세상에 보여줍니다. 내 속에 작은 생명의 꿈이 있습니다. 먼 옛날 이스라엘 작은 고을 베들레헴에 찾아오신 그분의 생명입니다. 그분의 꿈입니다. 고난의 세월을 따라 생명과 꿈을 키웠습니다. 그 생명과 꿈의 열매를 나와 같이 생명의 꿈을 꾸는 모든 사람들에게 보여주렵니다.

이 열매는 아주 작습니다. 아무리 작아도 나는 사랑합니다. 그리고 생명과 꿈이 있음을 믿습니다. 이 열매 가룟사람 유다의 증언을 세상에 내놓습니다. 허수아비의 외출로 어린이들의 마음에 이 생명의 꿈을 심어주었습니다. 엘맨 출판사의 이규종 집사님의 기도로 가룟사람 유다가 여러사람, 여러교회, 여러관객에게 증언하게 되었습니다. 기쁘고 감사하는 마음 가득하지만 다른 하나의 걱정이 마음에 쌓입니다. 다른 하나의 걱정은 내게 생명과 꿈을 주신 그분에게 걱정의 짐을 더하지 않을까 하는 마음입니다.

1960년대 주일학교 교사로 열심히 일할 때, 마을마다 성경학교의 문을 열고 어린이들을 모아 가르쳤습니다. 그때 무대를 만들고 발표회를 통해서 배운 찬송가와 연습한 무용을 자랑했습니다. 연극도 했습니다. 그때마다 극본을 구하기 힘들어서 당황했던 기억을 살려보면서 어디서나 어떤 때든지 무대에 올릴 수 있고 또 마당에서도 즐기고 느낄수 있는 극본을 써보았습니다. 특별한 무대가 아니라도 해보겠다는 열정을 가진 사람이면 공연을 계획할 수 있도록 꾸몄습니다. 연극을 사랑하는 사람들에게 작은 도움이라도 되었으면 합니다.

연출하시는 선생님들은 연극의 내용을 잘 이해하시고 전해야 할 메시지를 분명히 기억하면서 머리속에 그림을 그린다음 지도한다면 좋은 성과를 얻을 수 있으리라 믿습니다.

동화를 쓰기 시작한 글이 동극에서 뜻을 세웠고 마당극을 통해서 눈을 뜨기 시작했습니다. 이 책에 담겨진 연극은 한번씩 무대에 올렸던 극본입니다. 상황과 환경을 따라 바꾸어 가면서 공연해 주시고, 작은 행동과 표현이 자세히 기록되어 있지 않아서 연출자의 아이디어를 더해야 할 것입니다.

이 작품집이 세상에 나오기까지 그렇게 열심히 기도해 주시고 도와주신 김신철님, 김철수 장로님께 감사드립니다. 어린 딸에게 들려주기 위하여 동화를 쓰기 시작했습니다. 이제 그 딸이 대학생이 되어 교정을 맡아주었습니다. 또 많은 사랑의 말과 위로와 격려를 아끼지 않았던 내 사랑하는 아내에게 감사의 손을 모아봅니다.

자, 이제 준비는 끝났습니다. 찬양대의 찬양과, 사물놀이의 힘찬 소리와 함께 막을 올립시다. 우리의 가슴을 설렙니다. 마음의 문을 활짝열고 생명과 꿈을 가지고 세상에 오신 그분을 만나기 위하여 믿음의 날개를 폅시다. 그래서 그분이 베풀어 주신 은혜와 사랑의 동산으로 날아갑시다. 가롯 사람 유다를 만나 그 사람의 증언도 들어봅시다. 거기서 우리 마음에도 비쳐봅시다.

교회마다, 마을마다, 가롯 사람 유다의 증언이 공연되는 곳마다 할렐루야 찬송이 울려퍼지기를 기도합니다.

파도소리에 꿈을 깬
김　창　수

차 례

1. 사랑의 선물

■ **때 :** 성탄절이 가까운 어느날
■ **곳 :** 서울 변두리 한 고아원
■ **나오는 사람 :**
　　슬기(열살정도소녀), 한나(여섯살정도소녀)
　　진실(열네살정도소녀), 정희(열살정도소녀)
　　선생님, 원장, 슬기엄마, 슬기아빠
　　정희엄마, 정희아빠

✳ 연출자를 위하여

좋은 것을 좋은 눈으로 볼 수 있어야 한다. 화려한 무대 호화로운 의상이 아니라 무대보다 슬기라는 아이를 잘 선택 해야 하고, 의상보다는 진실한 표현을 연출해야 한다.

무대는 간단하게 장치하면 좋겠다. 한 쪽에는 고아원의 작은 방 다른 한쪽은 사무실을 꾸미서 조명을 비추는 곳이 무대가 될 수 있게 한다면 훌륭한 무대 장식이 될것이다.

슬프지만 결코 낙식하지 않는 슬기의 삶을 통하여 우리 삶의 어두운 곳, 그늘진 곳에서 살고 있는 친구들을 생각할 수 있게 한다면 성탄의 참된 의미를 가져다 줄 것이다.

등장 인물의 언어 구사는 연출자의 역량에 맡긴다. 필요 하면 바꾸어서 연출해도 좋을 것이다. 다만, 슬기를 통해서 말할려는 진실은 꼭 전해지도록 해야할 것이다.

　보통 볼 수 있는 고아원 작은 방, 앉은 뱅이 책상 하나가 한쪽에 놓여 있고 잘 정리된 이불과 옷이 보인다.

한나 : (등장하면서) 언니? 진실언니? (혼자말로)어디 갔지.

슬기 : (등장하면서) 언니는 왜 찾니?

한나 : 원장 아버지가 데리고 오래.

슬기 : 너 또 무슨일을 저질렀구나.

한나 : 아니야, 옷에다 …

슬기 : 그런데 왜 원장 아버지가 불러?

한나 : 난 잘 모르겠어.

슬기 : 밖에 가서 찾아봐. 일하고 있을거야.

한나 : 알았어(힘없이 나간다).

슬기 : 언니는 어디갔지(찾아 나간다).

진실 : (등장)애들이 다 어디갔지 어서 씻고 저녁을 먹어야 할텐데.

원장 : (등장)진실아 너 여기 있으면서 왜 오라고 해도 안오니?

진실 : 원장 아버지께서 부르신 것을 못들었어요.

원장 : 오라고 하면 빨리 와야지 왜 말이 많아.

한나 : (등장)언니, 언니 여기 있었어? 원장 아버지가 찾으셔서 지금까지 찾아 다녔는데.

진실 : 알았다. 어서 손 씻고 저녁 먹어.

원장 : 너희들은 저녁 먹지말어. 먹으면 옷에다 똥－오
　　　 줌 싸고…, 진실이 너 날 따라와.

한나 : (그 자리에 앉아서 울어 버린다)
　　　 (원장과 진실퇴장)

슬기 : (등장)한나야 넌 왜 우니? 또 누가 때렸어?

한나 : 원장 아버지가 저녁 먹지 말래.

슬기 : 저녁 먹지 말라고, 왜?

한나 : 아까 낮에 허리띠가 안 풀어져서 옷에다 똥을 쌌
　　　 다고.

슬기 : 넌 바보야, 그럼 언니에게 먼저 말해야지.

한나 : 그때 언니들은 다 학교에 갔었잖아(한나가 더 슬
　　　 피운다).

슬기 : 울지마. 그냥 자지 뭐.

선생님 : (등장)자 이것 먹어라(주먹밥을 내민다).

한나 : (밥을 받으며)선생님 고맙습니다.

선생님 : 슬기 너도 받아라, 왜 그러고 있어.

슬기 : 내가 먹으면 언니가 저녁을 먹지 못해요.

선생님 : 슬기야, 받어 먹어. 언니는 식당에서 새로 온
　　　　 친구와 밥 먹고 있어. 언니가 이야기 해서 알고
　　　　 왔으니.

슬기 : (밥을 받는다)선생님 고맙습니다. 잘 먹겠습니

다.

선생님 : 한나야 오늘 밤에는 울지 말고 잘 자거라. 내일
　　　　　부터 꼭 화장실로 가거라, 넌 숙녀야. 알겠지?

한나 : 네 잘 알았어요.

선생님 : 슬기야 한나를 잘 보살펴 주어라.

슬기 : 선생님 감사합니다.(선생님 퇴장)

진실 : (정희와 등장)자 이리 들어와, 여기가 며칠간 있
　　　　을 곳이야.

정희 : 꼭 돼지우리 같애. 여기서 어떻게 살아.

진실 : 자, 이리 앉아. 그리고 이제 한방에서 같이 지낼
　　　　친구들이니 사이좋게 지내야 한다.

정희 : 너희들 무엇을 먹고 있니? 아니 이건 밥이잖아.

진실 : 밥이면 어때,(말을 막고)저─애는 슬기야. 너하
　　　　고 같은 나이고 같은 학년이야. 이 애는 한나야.
　　　　여섯살이야.

정희 : 어휴, 냄새야, 무슨 냄새가 이렇게 나. 난 여기가
　　　　싫어.

슬기 : 난 냄새가 안나는데. 아니 난다. 네가 오니까 더
　　　　러운 냄새가 나는 것 같아.

정희 : 뭐라고 더러운 냄새?

슬기 : 그래 사람이 돼지우리에 들어 왔으니 돼지 코에
　　　　사람 냄새가 더럽게 난다.

진실 : 슬기야 그만 둬.

슬기 : 알았어 언니. (책상으로 돌아서 앉아 공부한다.)

정희 : 난 여기서 한시간도 살 수 없어. 방에서도, 이불
에서도, 너희들에게서도 냄새가 나. (일어서며)
갈테야.

진실 : 넌 여기 있어야 해.

슬기 : 언니, 그만둬, 다른데로 갈곳도 없어. 나갔다. 다
시 들어올거야.

진실 : 그래도. 정희도 불쌍한 애야. 우리처럼.

한나 : 불쌍한 것이 뭐야. 언니?

진실 : (대답대신 쳐다만 보고 있다.)

슬기 : 언니, 그 애는 무엇 때문에 들어 왔대? 길을 잃었
나.

진실 : 아니야, 확실히는 모르지만 엄마랑 아빠랑 싸워
서 서로 헤어지기로 했나봐.

슬기 : 그럼. 그애도 고아잖아. 손님도 아니면서 얌전해
야지.

진실 : 정희와 친하게 지내라.

원장 : (정희와 등장)방에서 밥을 먹었다고?(손에는 매
가 들려있다.) 진실아 방에서 밥을 먹을 수 있니?

진실 : 없어요.

원장 : 저녁밥 주지 말랬는데, 밥을 주었고 방에서 밥먹

고 정희와 사이좋게 지내라고 하니 싸우고, 매를
맞아야겠다. 이리와. (진실 말없이 종아리 걷는
다.)

한나 : 원장 아버지 밥은 저기ㅡ.

진실 : 한나야 매가 무서우니 그냥있어.

슬기 : 원장 아버지 밥은 제가 가지고 왔어요. 정희와 싸
우고.

진실 : 아니어요. 제가 잘못했어요.

정희 : 원장님, 모두 때려요. 모두 나에게 욕을 하고 꼬
집고 때렸어요. 아버지가 원장님께 돈을 많이 주
시면서 부탁했잖아요.

원장 : 뭐라고, 욕을 하고 꼬집고 때려? (정희는 고소해
한다. 슬기와 진실이 매를 맞고 한나는 운다.)

원장 : (매를 던지면서) 다시 한번 이런 짓을 하면 아예
쫓아 벌테니 조심해.

정희 : 원장님, 이 곳에서 잘 수가 없어요. 다른 곳에 데
려다 주세요.

원장 : 내가 생각을 잘못했다. 가자. 우리 딸과 함께 있
어라. (원장과 정희 퇴장) (슬기, 한나, 진실 서로
안고 운다.)

진실 : 지금은 겨울이야. 지금 쫓겨나면 얼어 죽어. 그러
니 이제부터 말을 잘 들어야 해.

슬기 : 언니, 잘 알았어. 나 때문에 언니가 매를 맞았어.

진실 : 아니야. 다 내가 잘못해서 그래.

한나 : 언니, 밥은 선생님이 갔다 주었는데 왜 말을 못하
게 해?

진실 : 한나야 그 말을 하면 원장 아버지가 선생님도 때
릴거야. 넌 선생님이 매맞으면 좋겠니?

한나 : 아니. 아니. 하지만(또 운다.)

선생님 : (등장) 너희들 매 맞았구나.(어루 만지며) 내
가 밥을 가져다 주어서 그랬지?

슬기 : 아니요. 내가 새로 온 정희에게 욕을 했어요.

진실 : 아니어요. 내가 정희를 서운하게 했나봐요.

선생님 : 진실아, 너희들 마음은 내가 다 알아. 이제는
잊어 버려라. 이제 성탄절도 가까이 오고 설날
도 온다. 모두 한살씩 더 먹은 숙녀가 된다. 더
용감하게 살아야 기쁜일이 생긴다.

한나 : 선생님, 성탄절이 언제 와요? 난 그날이 좋더라.
먹을 것이 많아서.

선생님 : 곧 온다. 성탄절엔 예수님이 너희들에게 줄 좋
은 사랑의 선물을 가지고 찾아 오실거야.

슬기 : 사랑의 선물은 아니라도 손을 따뜻하게 할 수 있
는 장갑이 있었으면 좋겠어요. 늘 손이 시려요.

선생님 : 아마 금년에는 예쁘고 좋은 장갑을 선물로 받

을 수 있을거야. 자 이젠 잠을 자야지 고운 꿈
도 꾸고, 기도하고 자거라. (퇴장)

(무대가 어두워졌다. 밝아진다. 고아원 사무실로 가운데
책상이 있고 의자가 있다. 밖에서 다투는 소리가 난다.
정희엄마, 정희아빠 등장)

정희엄마 : 그래, 내가 무엇을 잘못 했다고 그래요. 내가
　　　　　번돈 내가 잃었는데.
정희아빠 : 돈 오천만원이 적어? 그보다 잃어버린 것이
　　　　　마음에 걸려, 아직도 그 놈과 만난것 아니야.
정희엄마 : 기가 막혀서 그동안 한번이라도 집안 걱정
　　　　　했어요? 내게 신경을 썼어요? 정희에게 신경
　　　　　을 썼어요? 날마다 술만 마시고, 밤 늦게 들
　　　　　어오고, 돈 벌어 온다고 큰 소리치고.
정희아빠 : 그래, 내가 복부인이요 하고 광고하고 다니
　　　　　라고. 이젠 그만 하자고. 정희가 올때 됐으
　　　　　니.
원장 : (정희와 등장) 오래 기다리셨지요. 그동안 불편
　　　　했을 것입니다. 이제 집으로 데리고 가시지요.
정희 : 이제 엄마랑 아빠랑 안 싸우신대요? 집에 가면 또
　　　　싸울까봐 걱정이여요.

원장 : 그래도 여기보다 편하고 좋을거야.

정희아빠 : 이제 싸우지 않을거야. 우리 정희를 위하여
더 열심히 일해야지.

정희엄마 : 집으로 가야지, 너 때문에 내가 이혼을 취소
했는데 정희가 없으면 내가 어떻게 살아.

정희 : 난 여기가 좋아요. 내 마음대로 할수 있고, 엄마
랑 아빠랑 마음대로 싸울 수도 있고, 돈만 많이
고아원에 주고가면 난 공주 대접을 받을 수 있고,

정희엄마 : 무슨 말을 하고 있니. 이젠 집에서 살아야지.
어서 가자.

정희 : 밤낮 엄마랑 아빠랑 나가고 없고, 아줌마하고 사
는 집이 싫어요.

정희아빠 : 이제는 엄마도 아빠도 정희의 좋은 친구가
될거야 집으로 가자.

정희 : 집으로 가지전에 슬기랑 만나고 가야지요. 곧 올
거예요. (슬기, 한나, 진실, 선생님 등장)

정희 : 슬기야 봐. 똑똑히 봐둬, 우리 엄마랑 아빠야. 진
짜 고아들아 똑똑히 봐, 자가용 타고 날 데리러
온거야.

원장 : 자, 이제 갑시다.

정희 : 원장님. 놀러와도 되지요?

원장 : 그럼, 놀러 와야지. 잘 가거라. (무대가 어두워졌

다 밝아진다.)

선생님 : (슬기엄마, 슬기아빠와 등장) 여기서 잠시 기
다려 주십시오. 원장님이 곧 나오실 것입니다.
(퇴장)

슬기엄마 : 우리 딸이 여기 있었으면 좋겠어요. 2년 동안
찾아 다녔잖아요.

슬기아빠 : 기다려 봅시다. 원장님을 만나면 알겠지요.
내 느낌으로는 여기에 있는 것 같습니다.

슬기엄마 : 내가 잘못했어요. 그때 너무 어려웠어요. 병
들어 죽게도 됐고. (흐느껴 운다)

슬기아빠 : 또 그소리, 참아요. 참으세요.

슬기엄마 : 딸을 버리지 않았으면 아들도 죽지 않았을
것인데.

슬기아빠 : 생각하면 무엇해. 그애가 죽은후 이렇게 딸
을 찾을 생각을 했지.

원장 : (선생님과 함께 등장) 오래 기다리셨지요.

선생님 : 우리 원장님이십니다.

슬기아빠 : 안녕하십니까? 원장님 딸을 찾고 싶어서요.

원장 : 잘 오셨습니다. 늦게라도 딸을 찾기 위하여 2년
동안 찾아다니셨다는 말씀 들었습니다. 자 여기
앉으시죠.

슬기아빠 : 딸을 버린것은 잘못이지만. 그때는 같이 죽

을 수 밖에 없는 형편이였습니다. 지나고 보
니 너무 후회스럽습니다.

원장 : 그런 이야기는 그만 하시고요, 어렸을 때 사진을
가지고 계신다고요.

슬기엄마 : 네, 여기 있습니다. 아마 백일 때였습니다.

원장 : (사진을 받아서 본다.) 김선생. 아이들 기록부를
가져와 보세요. 참 지금 몇살이나 되었겠어요.

슬기엄마 : 지금 열살입니다.

원장 : 열살 아이들 기록부 가져와요.
(선생님 퇴장) 이 사진과 꼭 닮은 아이가 있는데.

선생님 : (등장) 기록부 여기 가져왔습니다.

원장 : 김선생, 이 사진 좀 봐, 누굴 닮았는데,

선생님 : (사진을 받아들고) 이 사진은 슬기를 많이 닮
았는데요.

원장 : 맞아, 슬기를 닮았어.

선생님 : 처음 아주머니를 볼 때 슬기와 닮았다고 생각
했었어요.

슬기엄마 : 슬기요?

원장 : 이곳에 이름이 없는 아이들이 오면 이웃에 계신
목사님이 한글 이름으로 지어 주시는데, 슬기도
그 이름이지요.

슬기아빠 : 슬기를 보고 싶어요.

원장 : 아니, 그전에 확인을 해야지요. (기록부롤 뒤적이
면서) 여기 있어요. 슬기가 우리원에 왔을 때 찍
은 사진인데 똑 같애요.

슬기엄마 : 내 딸아(또 운다).

슬기아빠 : 우리 딸이 틀림없습니다. 원장님 감사합니
다. 하나님 감사합니다.

원장 : 반가우시겠습니다. 자 원장실로 가서 이야기 합
시다. (슬기엄마, 슬기아빠, 원장 퇴장)

선생님 : 하나님! 감사합니다. 슬기가 부모를 만나서 가
게 됐으니 얼마나 반갑겠습니까?

원장 : (슬기엄마, 슬기아빠와 등장) 모든 확인 절차를
끝냈습니다. 참 기쁘시겠습니다. 이제 슬기를 만
나보셔야지요.

슬기아빠 : 원장님, 죄지은 부모가 어찌 아이 앞에 나서
며, 내가 너희 아빠다, 엄마다 하겠습니까?

원장 : 그러면 어떻게 하시겠습니까?

슬기엄마 : 저희들 생각은 우선 선생님이 마음의 준비를
하도록 도와주셨으면 좋겠습니다.

선생님 : 원하신다면, 그렇게 하겠습니다. 그러나 슬기
는 지금 만나도 좋아할 것입니다.

슬기아빠 : 원장님 이렇게 하면 어떻겠습니까?

원장 : 어떻게요.

슬기아빠 : 지금 생각으로는 만나고 싶습니다만 며칠 지
　　　　　나면 성탄절입니다. 저희가 가진것도 없고,
　　　　　재물도 없지만 우리 힘을 다해 성탄절 잔치
　　　　　는 준비할 수 있습니다. 장식도, 음식도, 선
　　　　　물도 준비하겠습니다. 원장님 그때 이야기해
　　　　　주십시오. 그래야, 저희들이 조금이라도 보
　　　　　답 할 수 있을 것 같습니다.
원장 : 참 좋습니다. 슬기에게 최고의 좋은 성탄 선물이
　　　되겠습니다.
선생님 : 아주머니, 참 이제는 슬기 어머니라고 불러야
　　　　겠네요. 성탄절에 슬기 선물은 따뜻한 장갑을
　　　　주세요. 장갑을 기다리고 있어요.
슬기엄마 : 네, 잘 알았습니다. 선생님.

(무대가 어두웠다 밝아진다. 사무실 가운데에 크리스마
스 츄리가 있고 선물도 쌓여 있다. 성탄 찬송이 들린다.)

원장 : (등장) 여러분 성탄을 축하합니다. (시계를 보면
　　　서) 올 때가 됐는데.
선생님 : (슬기, 한나, 진실과 함께 등장) 원장님 많이
　　　　기다리셨어요?
원장 : 김선생, 성탄을 축하합니다. 너희들도.

선생님 : 원장님 성탄을 축하합니다.

원장 : 자, 이제 성탄 축하 선물을 받아야지. (슬기엄마,
　　　슬기아빠 등장)

슬기아빠 : 성탄을 축하합니다.

원장 : 감사합니다. 이제 시작하지요.

선생님 : 먼저 선물부터 주시지요.

슬기아빠 : 자, 한나야. 선물 받아라. 예쁜 목수건이다.
　　　　그리고 이것은 진실이거야. 신발인데 맘에
　　　　들거야.

슬기엄마 : (슬기 손을 꼭잡고) 자 이것은 슬기에게 주
　　　　고 싶은 선물이다. 맘에 들련지.

슬기 : (받아들고) 뜯어 봐도 돼요?

슬기엄마 : 그럼 뜯어 봐야지.

슬기 : 아ㅡ, 장갑이다. (장갑을 낀다) 마음에 꼭 들어
　　　요. 따뜻하고요.

선생님 : 그럴거야. 그 장갑을 슬기 엄마가 손수 뜨셨으
　　　　니까,

슬기 : 엄마가? (놀래며, 엄마를 쳐다본다)

원장 : 슬기야 너에게 장갑을 주신분이 너희 어머니시
　　　다. 그리고 이분이 아버지시고.

슬기 : 엄마? 아빠? (그냥 울어버린다.)

선생님 : 울기는 우리 슬기마음이 착하니 하나님이 큰

　　　　사랑의 선물을 주신거야. (다른 아이들도 운
　　　　다.)

슬기엄마 : 슬기야, 반갑다. 고생도 많이 했지.

슬기 : 엄마! (엄마 품에 뛰어든다.)

원장 : 슬기는 엄마랑 아빠랑 만나서 좋겠다.

슬기 : 하지만, 언니하고 한나는ㅡ.

선생님 : 언니랑, 한나는 선생님이랑 여기서 살아야지.

슬기 : 싫어요. 그러면 나도 여기서 살래요.

원장 : 다음에 언니나 한나도 엄마를 만나서 갈텐데.

슬기 : 그래도 싫어요. 같이 있고 싶어요.

슬기아빠 : 슬기야, 그럴 필요는 없다. (슬기의 손을 잡
　　　　　고) 원장님 우리가 특별하게 돌볼 수는 없지
　　　　　만 슬기처럼 사랑하고 함께 살 수 있습니다.
　　　　　셋이 같이 살도록 허락해 주십시오.

원장 : 슬기아빠가 원하신다면 그렇게 할 수 있습니다.

슬기엄마 : 너희들은 다 내 딸이다. (셋을 안고) 하나님
　　　　　감사 합니다. 딸을 셋이나 주셨으니.

선생님 : 참, 기쁜 성탄입니다. 이보다 더 큰 선물이 어
　　　　　디 있겠어요. 하나님께 찬송과 영광을 돌려요.

원장 : 자 갑시다. 우리의 많은 아이들이 모두 기다리고
　　　　있습니다. 함께 축하해요.

슬기아빠 : 매년 성탄절마다 함께 축하잔치를 합시다.

세 딸의 생일날로.

(모두 퇴장, 고요한밤 찬송 소리와 함께 서서히 어두워 진
다.)

2. 어린이날의 노래

■ 나오는 사람

걱정(나)

또하나 걱정　　　　　믿음(동생)

사랑(어머니)　　　　　바름(재판장)

자비(아버지)　　　　　미움(검사)

인정(언니)　　　　　　진실(변호사)

✳ 연출자를 위하여

무대는 아이들이 공부하는 공부방과 거실로 준비하면 된다. 거실이 재판하는 장소가 되기도 하니 사람 수에 맞추어 의자를 준비하고 관객을 향하여 V자로 배치하면 좋겠다. 바름이와 미움이는 까운을 준비하여 입도록 하면 더욱 분위기를 살릴 수 있겠다.

이 극본은 외적인 것보다 내적인 표현에 충실해야 한다. 걱정이의 마음에 갈등을 해소하고 식구의 진실을 표현하는 재판 과정을 통하여 우리 모두가 하나의 줄로 메어져 있음을 느끼게 해야한다. 미움과 사랑이 사이에서 방황하는 걱정이는 경험이 있는 어린이에게 맡기면 좋겠고 한 가족을 출연 시키면 더 좋은 경험을 할 수 있을 것이다.

재판 과정은 엄숙하고 무겁게 진행 되지만 진행을 통하여 밝고 아름다움을 느낄 수 있도록 바름이의 부드러운 재판 진행이 있어야 한다.

관심을 모우기 위하여 얼굴의 표정과 말의 빠르고 느림에 주의하고 증언자들은 연극이니 하는 생각보다 우리집에서 일어난 일을 함께 나누고 있다는 생각으로 증언해야 한다.

누구나 느끼고 한번쯤 당했던 문제들을 다시 생각해 보고, 가족의 따뜻한 정을 느끼고 확인 할 수 있게 해야한다.

5월의 가정의 달에 무대에 한번 올려봤으면 한다.

　무대를 가운데를 막고 한쪽은 아이들의 공부방으로 침대와 책상이 놓여 있고, 다른 한쪽은 거실로 의자와 탁자, 그 위에 전화가 보인다. 막이 열리면 걱정이의 콧노래 소리가 들린다.

걱정 : (등장하면서) 학교에 다녀왔습니다. (대답이 없자) 학교에 다녀왔습니다. (그래도 소식이 없자) 다 어디 가셨나? (의자에 앉으며 혼자 중얼거린다.)

사랑 : (등장하면서) 걱정이가 일찍 왔구나. 오늘은 왠일이지?

걱정 : 어디갔다 오셨어요?

사랑 : 왜, 엄마에게 줄것 있니?

걱정 : 아니. (무엇인가 서운한 표정이다)

사랑 : 믿음이 숙제하는데 도와 주었다.

걱정 : 엄마는 믿음이가 제일 중요해?

사랑 : 믿음이는 어린이고 넌 어른인데.

걱정 : 내가 1학년 때 엄마가 나 숙제 할 때 도와 주셨어요?

사랑 : 그때는 엄마가 무척이나 바빴지.

걱정 : (아무말 없이 방으로 들어 간다. 의자에 앉은 걱정이는 무엇인가 생각한다.) 엄마는 걱정이가 예

　　　쁘지도 않은가 봐.

사랑 : (거실에서)믿음아? 어서 내려와 빨리 갔다 와야
　　　지.

믿음 : (목소리만)알았어요. 지금 내려가요.

걱정 : 엄마 어디가요? 나도 가고 싶어요.

사랑 : 넌 집에 있어야겠다. 가서 언니랑 시장에 다녀와
　　　야 하니까.

걱정 : (혼자말로)그렇겠지요. 난 예쁜곳이 없으니 데리
　　　고 다니기도 챙피 하겠지요.

사랑 : (믿음이 등장하면)걱정아, 숙제하고 집에 꼭 있
　　　어야해. 빨리 갔다 올테니까. (믿음이를 데리고
　　　퇴장)

걱정 : 난 항상 외톨이야. 난 왜 이렇게 생겼지. 얼굴은
　　　시커멓고, 머리는 곱슬머리, 공부도 못하고 운동
　　　도 잘하는 것이 하나도 없고, 말썽만 부리고 (사
　　　이) 언니는 예쁘고, 공부도 잘하고, 동생은 똑똑
　　　하고, 모두 나와 닮은 데가 없어. 그럼 난 누구지?
　　　정말 엄마가 날 낳으셨을까? 아니면 어디서 데려
　　　왔을까? (혼자서 책을 뒤적이다 던져 버린다.) 에
　　　이 신경질-나 (화가 잔뜩난 얼굴로 서성거린
　　　다.)

(전화벨 소리가 난다. 걱정이가 일어나 전화를 받는다.)

인정 : (목소리만)걱정이니? 나 언니야, 엄마랑 아빠랑
       같이 만났어. 아빠가 저녁 사주신다고 하니 먹고
       들어 갈테니, 밥을 차려 먹고 기다려 맛있는 것
       사가지고 들어갈께. 빨리 들어 갈테니 집 잘지켜.
걱정 : 알았어.(기분이 더 상한다.) 나도 나오라고 하면
       안되나.(방으로 들어가 책상에 엎드려 운다.)

(울다가 잠이든다. 조명이 어두워졌다 밝아진다.)

   걱정이는 책상에 엎드려 자고 무대 앞쪽으로 사람들이
다닌다.

걱정 : 집을 나오기도 했는데 어디로 갈까. 갈곳이 없구
       나. 식구 모두가 날 싫어하니 집에서 살기 싫어.
       그런데 어디로 가야지, 돈도 없고.
미움 : 너 걱정이 아니야, 집을 나왔구나?
걱정 : 절 아세요? 어떻게 제 이름까지 아시지요?
미움 : 난 내 마음에 드는 사람은 누구나 잘 알고 있지.
걱정 : 마음에 드는 사람이요.
미움 : 그래, 마음에 드는 사람, 넌 내 마음에 꼭 드는 아

이야.

걱정 : 어째서 제가 아저씨 마음에 들어요?

미움 : 넌 식구 모두를 미워하지, 언니는 예쁘고 공부 잘
해서 미워하고, 동생은 똑똑해서 미워하고.

걱정 : 아저씨는 누구신데 그렇게 내마음을 잘 알고 계
시지요?

미움 : 난 미워하는 마음을 가진 사람은 누구나 잘 알고
있지. (사이) 걱정아, 식구 모두가 널 제일 좋아
하도록 하는 방법을 내가 알고 있지.

걱정 : 그것은 내 소원인데요.

미움 : 그래, 난 네 소원을 이루어 주고 싶다. 날 따라 오
너라.

걱정 : 아저씨가 누구신데 제가 따라가요?

미움 : 난 미움이라는 이름을 가진 검사야.

걱정 : 미움 검사? (혼자 중얼거린다.)

미움 : 이제 가자. 내 시간이 바쁘다.

걱정 : 소원을 들어 주신다면 따라가지요. (미움이 걱정
이의 손을 잡고 퇴장하려 한다.)

진실 : (등장하면서) 걱정아 잠깐.

걱정 : 아저씨는 누구세요?

진실 : 걱정아 미움이를 따라가면 안돼. 따라가면 미워
하는 마음만 더 커진다.

걱정 : 이 아저씨는 검사예요. 날 해치시려는 것이 아니
라, 내 소원을 들어 주신다고 했어요.

진실 : 칼을 들고 사람을 죽이거나, 사람을 돈을 받고 팔
아넘긴다거나, 도적질해서 남을 못살게 하는 것
만 해치는 것이 아니다. 마음이 문제야. 나쁜 마
음은 나쁜 생각을 하게되고, 나쁜 생각은 나쁜 행
동을 하게 되지, 미워하는 마음은 미움만 커지고
그 마음이 남을 해치게 되는거야.

걱정 : 이 아저씨는 나쁜말을 한마디도 안했어요.

진실 : 나쁜 말보다 작지만 미워하는 마음이 더 나쁘다.

걱정 : 아저씨는 누구신데 이 아저씨를 나쁘게 말씀하시
지요?

진실 : 난 진실이야. 항상 진실이 이기는거야. 난 너에게
진실을 주고 싶어. 모든 사람은 자기 생각에 사로
잡혀 남을 판단하고 이야기하지. 그러나 진실은
남을 이해하고 사랑하는 그곳에서 남을 생각하고
남을 위하는 것이 무엇인지 생각하게 되지.

걱정 : 우리 엄마 아빠도 나를 사랑하시지 않는데, 아저
씨가 어떻게 사랑을 주고 진실을 가르켜 주지요.
아저씨가 하나님이셔요?

진실 : 엄마나 아빠도 너를 제일 사랑하실거야. 다만 걱
정이가 미워하는 마음을 가지고 만나기 때문에

미워하는 것으로 생각한 것뿐이야.

미움 : 걱정아, 저런 사람과 이야기 할 시간이 없다. 어
　　　서 가자. (모두 퇴장. 엄마, 언니, 동생 선물을 안
　　　고 등장)

인정 : 걱정아, 걱정아, (대답이 없자 방으로 들어온다.)
　　　이런 잠이 들었구나. (거실로 나오며) 엄마 걱정
　　　이가 잠이 들었어요.

사랑 : 잠이 들었다고? (아빠를 보고) 내가 뭐랬어요. 걱
　　　정이도 나오라고 해서 같이 먹자고 했잖아요. (걱
　　　정이를 침대에 눕힌다)

인정 : 우리가 잘못한 것 같아요.

믿음 : 누나가 선물을 미리 보면 안된다고 말했잖아.

사랑 : (방에서 나오면서)잠이 깊이 들었어요. 많이 서
　　　운했나봐요. 울다가 잠이 들었는지 눈물 자욱이
　　　남아 있어요.

자비 : 너희들은 올라가 자거라. 그리고 내일 아침 일찍
　　　일어나 생일 준비하여라. (아이들은 퇴장, 아빠와
　　　엄마는 거실 의자에 앉아서 쉰다.)

불이 어두어졌다 밝아진다. 거실은 재판장이 되어 있다.
가운데 바름이 앉아 있고, 미움, 진실은 양편에 그리고 증
인들이 나와 있다. 걱정은 미움곁에 앉아 있다. 재판장 곁

에 증인석이 준비되어 있다.

바름 : 지금부터 특별재판을 열겠습니다. 나 바름이가
　　　이 재판을 맡게되어 기쁘게 생각합니다. 걱정이
　　　가 청원한 잃어버린 사랑을 찾아주기 위한 것이
　　　니 바르게 정중하게 물으시고 솔직하게 대답하시
　　　기 바랍니다.
걱정 : (한번 모두를 돌아보고) 자판장님 감사합니다.
바름 : 미움 검사 질문하십시요.
미움 : 걱정이는 왜 아빠가 미워졌을까요?
걱정 : 나를 언니나 동생처럼 사랑하지 않으세요.
미움 : 사랑하지 않는다는 증거가 있어요?
걱정 : (종아리를 걷어 올리며) 며칠전에 아빠가 저를
　　　심하게 때렸어요. 나는 매를 맞으며 생각했습니
　　　다. 아빠가 날 미워하시기 때문에 때리신 거라고.
미움 : 무슨 잘못을 해서 맞았나요?
걱정 : 동생하고 장난하다 잘못해서 꽃병을 깨뜨렸어요.
　　　그래서…
미움 : 꽃병을 깨뜨렸다고 이렇게 때리는 아버지는 분명
　　　딸을 미워하는 마음으로 때렸을 것입니다.
진실 : 재판장님, 이 아이의 말만 듣고 그 아버지가 미워
　　　한다고 인정할 수 없습니다. 여기 아버지가 증인

으로 나와 있으니 증언하도록 허락하여 주시기
바랍니다.

바름 : 허락합니다. 증인은 앞으로 나오세요.

(자비가 나와서 선서하고 증인석에 선다.)

미움 : 며칠전에 딸이 잘못해서 매를 때린적이 있지요?

자비 : 네 있습니다.

미움 : 매를 아프게 많이 때렸다는데 그것이 사실입니
까?

자비 : 네 사실입니다.

미움 : 그때 아들인 믿음이도 때렸습니까?

자비 : 아닙니다. 아들은…

미움 : (말을 가로 막으며) 됐습니다. 그때 매를 때릴 때
마음에 걱정이를 미워하지 않았습니까?

자비 : 그 꽃병은 귀한 것이라서 미움이 없었다고 말하
지 않겠습니다.

미움 : 그 말은 미워했다는 말이지요, 됐습니다. (앉는
다)

바름 : 변호인은 물으세요.

진실 : 딸이 꽃병을 깼을 때, 화가나서 매를 때렸습니까?

자비 : 아닙니다. 우리 집에는 서로 약속이 있습니다. 어
떠한 경우에도 거짓말을 하지 말자고요ㅡ. 그 약
속을 지키지 않으면 매를 열번씩 맞기로 했습니

다. 누구든지.

진실 : 그럼 딸이 거짓말을 해서 때렸다는 것입니까?

자비 : 네, 꽃병은 아까웠습니다. 화도 났고요. 그러나 믿음이는 누나와 장난하다 깼으니 용서해 달라고 빌었어요. 걱정이는 동생이 깼다고 변명을 했습니다.

진실 : 매는 약속을 지키기 위하여 때린 것이군요.

자비 : 네ー, 그러나 난 걱정이를 사랑합니다. 사랑하기 때문에 아프게 때린 것입니다.

진실 : 잘 알았습니다.

미움 : 걱정이는 다른 증거를 가지고 있지요?

걱정 : (잠시 망서리다) 엄마가 밥을 주지 않아서 굶은 적이 있어요.

미움 : 밥을 굶겼다는 것은 도리에 어긋나는 일인데, 무슨 잘못이 있었어요?

걱정 : 엄마는 화를 내셨지만 난 아무일도 아니라고 생각했어요.

미움 : 어른과 아이의 생각이 차이가 있는데 그것을 이해하지 못하고 밥을 굶긴다는 것은 분명 딸을 미워하는 증거가 됩니다.

진실 : 재판장님, 이 세상에서 어머니 만큼 자식을 사랑하는 사람은 없습니다. 어머니의 증언을 듣도록

해 주십시요.

바름 : 허락합니다. 사랑씨는 나와서 증언해 주시기 바랍니다. (어머니는 나와서 증인 선서를 하고 증언대에 앉는다.)

진실 : 걱정이의 말대로 밥을 굶겼다면 딸이 큰 잘못을 했을 것입니다. 그것이 무엇입니까?

사랑 : 그 때는 걱정이가 내 딸이 아닌것 같았습니다. 그래서 밥을 주지 않았고 저도 밥을 먹지 않았습니다. 친정에서 모처럼 어머님이 오셨습니다. 시골에서 살고 계신 어머님은 씨 고구마를 땅에 묻고 남은 것이 많아서 가지고 오셨습니다. 귀한 것이라고 아이들에게 주려고 쪄서 식탁에 두었는데 걱정이가 돌아와서 냄새도 맡기 싫다고 하면서 쓰레기통에 던져버렸습니다.

진실 : 그렇다고 밥을 굶긴것은 잘못인데요?

사랑 : 걱정이 말이 고구마에서 할머니 냄새가 나고 할머니 냄새가 싫어서 던져버렸다고 했습니다.

진실 : 아이들의 마음은 변할 수 있는데 좀더 생각을 해 보시지 그랬어요?

사랑 : 다른 아이가 그랬다면 이해 할 수 있었을 것입니다. 고구마보다 과자를 먹고 자랐으니까요. 그러나 걱정이는 외할머니를 꼭 닮았어요. 걱정이를

볼 때마다 내가 어렸을 때에 그 곱던 어머니의 얼굴을 생각나게 했습니다.

진실 : 그래서 다른 아이보다 더 사랑하셨고 그 사랑의 기대가 무너지니 벌을 주셨다 그 말씀이지요.

사랑 : 그렇습니다. 그리고 아무리 살기 좋아졌다고 하지만 고구마도 식량인데, 고구마를 버린것은 식량을 버린것이지요. 식량을 버린것은 생명을 버린것 같아서 배고픈 것을 알아야 한다고. (목이 메여 더 말을 잇지 못한다.)

진실 : 잘 알았습니다. 자리에 앉으세요.

미움 : 사람의 생각속에 있는 미움이 아무리 작아도 미움이기 마련이고 또 커가기 마련입니다. 그 작은 것이 사람을 죽이고 전쟁을 일으키기도 합니다. 그 미움이 크거나 작거나 미워하는 마음에 벌을 주어서 그 마음을 없애야 합니다.

진실 : 미워하는 사람이 세상에 누구입니까. 사람의 마음에는 모두 사랑과 미움이 있습니다. 그러나 미움을 누르고 사랑하도록 하나님은 우리에게 지혜를 주셨습니다. 더 착하고, 더 곱고, 더 바르게 자라가기를 원하는 것이 부모의 마음입니다. 그 마음이 사랑입니다.

미움 : 재판장님, 아직도 많은 증거가 걱정이에게 있습

니다. 계속해서 듣도록 허락해 주십시요.

바름 : 너무 서두르지 마십시요. 이제부터 더 많은 증거
를 차근차근 들어보겠습니다. 걱정이는 혼자만의
생각으로 미워한다고 단정하지 말고 정말 미워했
는지 그 증거를 보여 주시기 바랍니다.

미움 : 걱정이는 언니가 미워한다는 증거도 가지고 있습
니다.

바름 : 말씀하세요.

미움 : 걱정이는 언니가 미워한다는 증거도 가지고 있지
요? 말해보세요.

걱정 : 언니는 나보다 예뻐요. 얼굴도 하얗고 내게도 예
쁘다고 자랑했어요. 난 언니가 예쁘게 된 것이 언
니가 바르는 화장품 때문이라고 생각했어요. 그
래서 언니 로숀을 발랐는데 언니 친구들이 있는
곳에서 챙피를 주었어요. 또 오늘도 저녁을 먹기
전에 전화했으면서 나오라고 말도 하지 않았어
요. 언니는 항상 새 옷을 입으면서 난 언니가 입
은 옷만 입었어요. 언니가 할 일은 항상 내게 다
하라고 하면서,

미움 : 동생을 사랑하지 않는 언니는 언니가 아니지요.
콩쥐팥쥐에서 나오는 자매처럼 분명 무엇이 다르
니까, 언니에게 미움을 받은 것이라고 생각합니

다.

바름 : 단지 그 몇가지로 언니가 미워한다고 생각할 수
없겠는데.

미움 : 재판장님. 미움은 아주 작은 것이지만 인정이처
럼 언니로써 미움의 마음을 가지고 있다면 순간
적으로 커서 동생을 미워하는 마음이 가득차게
되고 그때마다 동생을 미워하고 업신여겼을 것입
니다.

진실 : 재판장님. 아무리 미움이 크다고 해도 진실이 있
으면 미움을 이길 수 있습니다. 언니가 이 자리에
왔으니 언니의 증언을 들어보고 말씀해 주십시
요.

바름 : 인정이는 나와서 증언해 주십시요. (인정이가 나
와서 선서하고 증언석에 앉는다.)

진실 : 인정이 많은 언니로써 동생을 미워했는지 솔직하
게 증언해 주십시요.

인정 : 걱정이가 내 화장품을 쓰는 것은 쓰라고 할 수 있
습니다. 그러나, 난 걱정이를 사랑합니다. 늘 얼
굴이 검다고, 안예쁘다고 투정을 하지만 내 하얀
얼굴보다 검고 고운 동생 얼굴을 더 좋아합니다.
나와 동생이 쓰는 화장품은 틀립니다. 걱정이는
걱정이 피부에 맞는 화장품을 써야하기 때문입니

다. 걱정이에게 쓰기 좋은 화장품을 사주면서 바
르라고 했습니다. 며칠전 친구들의 얼굴을 보고
하얗고 예쁘다고 내 화장품만 쓰겠다고 해서.

미움 : 그래서 친구들이 보는 앞에서 동생을 미워한다고
말했어요?

인정 : 아닙니다. 친구들이 있는 곳에서 화장품 주지 않
는다고 대꾸하고 필요없는 말을 많이 해서.

미움 : 그래서 미워한다, 내 마음에 안들면 미워한다.

인정 : 그리고 오늘 저녁에는 걱정이를 나오게 하려고
전화했는데 아버지께서 내일 걱정이 생일이라 선
물도 샀고 했으니 걱정이는 집에 있는 것이 좋겠
다고 하셔서.

미움 : 그래도 동생을 사랑한다면 다른 방법을 써서 함
께 식사하도록 했어야지요. 언니로써 분명 잘못
한 것이지요.

인정 : 걱정이나 나는 키가 같아요. 그래서 옷은 같이 입
어요. 내가 옷을 살 때 걱정이 옷도 사고 내가 입
던 옷을 입기도 하고. 모르겠어요. 걱정이가 내가
미워한다고 생각하면 다 그렇게 보이겠지요.

진실 : 동생을 생각하고 사랑할려고 하는 것이 미워하는
것 처럼 느껴졌군요. 수고하셨습니다. 자리로 가
십시요. (인정은 자리에 들어간다.)

미움 : 걱정이는 동생 때문에 사랑받지 못한다고 생각하
고, 동생이 누나를 미워한다는데 걱정이는 동생
에 대하여도 증언해 주십시요.

걱정 : 제가 뭐라고 하겠어요. 딸 둘 낳고 그 다음이 아
들인데 다른 무슨 말을 하겠어요.

믿음 : (그 자리에 일어서서) 누나, 내가 언제 누나를 미
워했다고 그래, 난 큰 누나 보다 작은 누나를 좋
아하는 데. 내가 왜 미워한다고 해. (그냥 울어버
린다.)

바름 : 조용히 하십시요. 믿음이는 울음을 그치고,

진실 : 진실로 사랑하고 따르는 누나가 미워한다고 생각
하니 울음이 먼저 나온것입니다. 이 눈물보다 다
른 증언이 필요합니까?

미움 : 걱정아 모두가 미워한다고 하는 증거가 많이 있
잖아. 어서 말해봐 어서,

걱정 : 아니야―, 아니야, 이제 그만 하세요. 난, 그것이
아니야, 모두 미워요. (머리를 흔들고 몸부림을
친다. 무대가 어두워졌다 밝아진다. 거실에는 온
식구가 생일잔치 준비하고 있다.)

걱정 : (잠꼬대 하면서)아니야―, 아니야―, 정말 아니
야―.

자비 : 걱정이가 잠꼬대까지 하고 자는구나.

믿음 : 내가 가서 작은누나 깨워 올께요. (방으로 가서
　　　누나를 깨운다.)일어나 일어나ㅡ, 누나, 어린이
　　　날에 왠 늦잠이야, 그리고. 오늘은 누나 생일이잖
　　　아.

걱정 : (일어나 앉으며)어휴ㅡ, 꿈이였구나. (일어나 나
　　　오며) 엄마, 아빠 죄송해요. 난 엄마, 아빠, 우리
　　　식구 모두를 정말 사랑해요.

사랑 : 걱정아 어제는 미안하다. 다 잊어버리고 즐겁게
　　　오늘을 맞이하자.

인정 : 오늘은 생일에다 어린이날이니 기분이 좋을거예
　　　요.

자비 : 오늘은 온 식구가 소풍가자.

걱정 : 아빠, 오늘 소풍은 외할머니댁에 가요. 난 거기를
　　　가고 싶어요.

사랑 : 외할머니댁에? (딸을 바라본다.)

걱정 : 엄마, 내가 외할머니 꼭 닮았지, 내가 외할머니
　　　사랑 안하면 누가해.

사랑 : 아직도 그 일로 서운하니?

걱정 : 엄마, 난 다 잊었어요. 그리고 정말 엄마를 사랑
　　　해요.

인정 : 그런 이야기 그만하고 여기 앉아요. (선물을 걱정
　　　이에게 전해주면서, 자리에 앉는다) 생일축하 합

니다.

믿음 : 나도요. (선물을 준다) 누나, 누나는 선물 받을
　　　사람이 선물 사는 곳에 주책없이 따라 다닐 수 있
　　　어?

인정 : 그래 그말이 맞다.

자비 : 자 그럼. (촛불을 켠다) 오늘의 주인공 우리 공주
　　　님 불을 끄시지요.

사랑 : 그래 한번에 꺼라.

믿음 : 이제부터 누나 이름을 걱정이라고 부르지 말자
　　　걱정이라고 부르니 자꾸 걱정되는데. (웃음소리
　　　가 방에 가득찬다.)

　걱정이는 촛불을 끄고, 생일축하 노래와 함께 무대가 어
두워진다.　　　　　　　　　　　　　　　　　　　　　　　　　－막－

3. 내 친구 소라

■ **때 :** 봄이 오는 어느날
■ **곳 :** 소라의 작은 방
■ **나오는 사람 :**

소라(국민학교 5학년)   소라엄마
할머니   정희(소라친구)
인형 1, 2, 3, 4, (국민학교 1학년)   장군인형

✽ 연출자를 위하여

사람이 아무리 약하다고 해도 착하고 고운 마음이 조금은 남아있다. 결국 악하고 나쁜 사람은 없다는 것이다. 집안에서 공주 대접을 받고 곱게 마음대로 자라, 잘못을 잘못으로 보지 못하고 이기적인 생각을 하고 행동하는 소라를 통하여 오늘 잘못 되어가는 우리의 삶을 볼 수 있게 해주어야 한다.

무대는 소라의 입장을 잘 세워줄 수 있도록 꾸며야 하겠다. 인형을 많이 정돈하고 좋은 책상과 책, 무대를 통해서 먼저 말해주어야 한다. 인형으로 꾸며진 아이들의 야무진 모습을 통해서 잘못을 분명히 전할 수 있도록 하고 할머니는 할머니가 나오셔서 함께 해주면 더욱 효과가 있겠다.

하나님은 늘 우리 곁에서 우리의 잘못되고 어둠을 향해 가는 영혼을 붙드시며, 인도하시며, 특별한 사랑으로 지키시는 분이심을 증언해 주어야 한다.

5월 가정의 달에 추석이나 성도의 축제에 공연을 계획하면 좋겠다.

막이 오르고 불이 켜지면 무대 가운데 소라의 방이 보인다. 많은 인형들이 여기저기 널려져 있고, 정돈된 인형도 보인다. 책상과 장식품들이 귀하게 보인다. 인형으로 분장한 아이들이 여기저기 앉아있다.

인형 1 : 소라가 학교에서 돌아 올 시간이 됐다.

인형 2 : 소라는 학교에서 빨리 집으로 오지 않을거야, 놀고 싶어서 빨리 오겠니?

인형 3 : 소라가 오기전에 소라 흉 좀 보자.

인형 4 : 소라는 너무 무식해. 우리 인형을 사랑할 줄 몰라. 팔을 비틀고, 끌어 당겨서 병신을 만들고, 발을 비틀고, 난 아파서 죽는 줄 알았어.

인형 1 : 그것만 아니야, 화가나면 인형이란 인형은 막 집어 던지고 발로 밟고 꼬집고 잡아 뜯기도 하고.

인형 2 : 난 허리를 밟아서 허리를 다쳤는데 허리가 아파서 견딜 수가 없어.

인형 3 : 소라는 무서운 것이 없나 봐, 생각해 보자, 우리가 날마다 소라에게 당하고 살 수 없잖아. 어떻게 소라의 버릇을 고쳐줄 수 없나?

인형 4 : 어떻게 버릇을 고쳐? 우리는 인형이잖아. 놔두면 그 자리에 그대로 있어야 하고 때리면 맞아야 하고.

인형 1 : 그래도, 길은 있을거야, 생각해 보자. 참, 하나
님께 부탁해 보자, 하나님은 우리도 사랑하시니
좋은 길을 보여 주실거야.

인형 3 : 하나님께 부탁해? 어떻게 부탁을 해?

인형 4 : 하나님께 부탁할려면 기도해야지. 난 한번도 기
도안해 봤지만 날 만드는 집에서 기도하는 것을
봤거든, 우리가 기도하면 하나님께서 우리들의
이 슬픈 마음을 받아 주실거야.

인형 2 : 그래, 기도해 보자. 하나님께 우리의 모습을 보
여 드리고 우리의 마음을 전하면 분명 우리를
도와주실거야.

인형 4 : 그래, 방안에 있는 우리 모두가 기도하면 큰 힘
이 될거야.

인형들의 박수소리가 방안에 가득히 들린다.

소라 : (무대 밖에서) 어머니 학교에 다녀왔습니다. (등
장하면서 가방을 벗어서 책상에 놓고 방안을 둘
러본다.) 할머니, 할머니—.

할머니 : (등장하면서) 왠일이냐? 왜 큰 소리로 부르고
수선을 떨고 있니?

소라 : 방안이 왜 이리 어지러졌어요? 인형들이 마음대
　　　로 돌아다녀요?

할머니 : 아침에 너 일어날 때 정리하고 청소 했는데.

소라 : 정리 했는데 이렇게 됐어요?

인형 1 : 학교 가기전에 막던지고 어지러놓고 갔으면서
　　　　딴소리 하고 있어.

할머니 : 소라 네가 학교 가기전에 또 장난쳤겠지.

소라 : 내가 청소하고 정리하면 했지 어지러 놓지는 않
　　　아요.

할머니 : 네가 청소하고 정리해?

소라 : 그래요, 내가 할머니보다 더 많이 했을거예요.

인형 4 : 애들아, 소라가 거짓말 하는 것 봐, 언제 청소하
　　　　고 정리했니?

인형 2 : 할머니를 청소하는 아줌마보다 더 부려 먹으려
　　　　고 하니.

인형 3 : 소리를 줄여, 소라가 듣겠다.

인형 1 : 우리가 아무리 소리쳐도 큰 소리로 이야기해도
　　　　소라는 듣지 못해, 사람들은 못들으니 걱정하지
　　　　말고 이야기해.

　　인형들의 웃음소리가 크게 들린다.

소라 : 할머니, 어서 청소 깨끗이 해 주세요. 친구가 놀러 올거예요. 그 친구 가난해서 인형이 하나도 없는 아이죠, 내가 인형 자랑할려고 오라고 했으니 인형도 정리를 잘해 주세요.

할머니 : 알았다. 청소하고 정리 할테니, 식당에 가면 먹을 것이 있으니 챙겨 먹어라.

소라 : 엄마는 어디 갔어요?

할머니 : 친구들 만나려고 나갔다.

소라 : 엄마는 날마다 돌아다녀, 내가 보고 싶지도 않나. (퇴장)

할머니 : 딸 하나 있다고 귀하게 키우더니 할머니도 모르고 엄마도 아빠도 무시하고 여왕처럼 살려고 하니 더 크면 어떤 사람이 될지 걱정이다. (할머니가 인형을 정리하면서) 이렇게 던지고 밟고 하면 인형들이 얼마나 아파할까?

인형 1 : 할머니가 불쌍해 우리 모습이나 같아, 날마다 소라에게 욕이나 먹고.

인형 3 : 그래, 인형같은 할머니를 위해서도 하나님께 도움을 받아야겠어.

인형 2 : 하나님께서 우리 인형들을 사람처럼 움직이고 말할 수 있게 한다면 참 좋을텐데.

인형 3 : 그래, 소라 아빠는 늘 소라편만 들어 주시고 엄

마는 아빠보다 더하고 그러니 할머니께서 고생
하시지.
　할머니가 정리와 청소를 마치고 퇴장하고 소라와 소라엄
마 등장.

엄마 : 오늘 학교에서 일찍 왔구나, 학원에 가야지.

소라 : 엄마, 학원에 안가면 안돼? 날마다 학원에 가라,
　　　공부해라, 엄마는 그 말만 할 줄 알아?

엄마 : 왜 내가 그 말만 했니, 먹으라고도 했고, 입으라
　　　고도 했지.

소라 : 엄마는 나보다 친구들을 더 좋아하잖아요. 그러
　　　니 날마다 친구 만나려고 나가고 없고, 학교에 갔
　　　다 집에 오면 엄마가 없으면 재미 없어요.

엄마 : 할머니가 계시는 데 왜 재미없어.

소라 : 할머니는 싫어. 방이 조금만 더러워도 청소해라,
　　　깨끗이 씻어라, 조용히 해라. 간섭이 너무 많아
　　　요.

인형 1 : 또 거짓말 한다. 소라 거짓말은 알아 주어야 해.

인형 2 : 거짓말은 할수록 거짓말을 하게 한다는데, 그래
　　　서 거짓말을 잘하나 봐.

엄마 : 할머니에게는 내가 말할테니 넌 네 방에서 공부
　　　나 해라. (퇴장)

소라 : 괜히 속상해. (인형을 집어 던진다.) 학원가라,
      공부해라. (또 인형을 던진다.)
엄마 : (밖에서 싸우는지 말소리만 들린다.) 어머님, 제
      가 밖에 나가면서 그렇게 부탁했는데 그 부탁 잊
      으셨어요. 소라가 학교에서 돌아오면 잘해주라고
      했잖아요? 그런데 오늘도 소라와 싸웠어요? 소라
      는 이제 자라는 아이예요. 어머님이 잘해 주셔야
      지요.
할머니 : 내가 무엇을 어쨌다고 그러니? 난 소라방 청소
        하고 인형 정리하고 소라 투정만 들어주었다.
        내가 죄가 있다면 너희 집에서 밥먹고 일하는
        죄 뿐이다.

　무대 위에서는 소라가 엄마의 말소리를 들으며 기분좋아
하고 있다.

소라 : (콧노래를 부르며) 그래, 엄마랑 할머니랑 싸워
      라. 그래야 내 기분이 좋으니까.
인형 3 : 어휴, 저 못된 소라, 내가 움직이고 힘이 있다면
        때려주고 싶은데.
정희 : (밖에서) 소라야, 나 정희야.
소라 : (문을 열어주며) 그래, 이리 들어와.

정희 : (등장하면서) 여기가 소라 네 방이구나! (한 손
      에 인형을 안고 있다.) 야, 굉장히 예쁜 방이다.
      책도 많이 있고, 인형이 참 많은데, 이 인형은 참
      예쁘다. (인형을 만진다.)

소라 : 야, 더러운 손으로 만지지 마. 더러워진다.

정희 : (깜짝 놀라) 그래, 안 만질께, 조심할께.

소라 : 네 손에 든 것이 무엇이니?

정희 : 응, 이 인형, 오늘 외숙모님이 오시면서 사오신거
      야. 내게 처음으로 온 인형이야. 그런데 네 인형
      이 더 예뻐.

소라 : 한번 보자. (빼앗는다.) 이런 인형은 내게 없는데
      이 인형은 내가 가져야겠다.

정희 : (깜짝 놀라며) 안돼, 그 인형은 우리 외숙모가 사
      주신거야.

소라 : 내가 달라고하면 줘야 돼. 넌 내 친구잖아.

정희 : 친구? 친구라고 하면서 제 인형은 만져보지도 못
      하게 하면서, 그리고 넌 인형이 많이 있잖아. 이
      것보다 예쁜 인형도 많이 있는데 왜 내것만 달라
      고 해?

소라 : 이것위 욕심나서 달라고 한 줄 아니? 내게 없으니
      달라고 한거야. 그냥 주기 싫으면 내가 돈 줄께,
      내게 팔아. 이거 얼마주고 사왔데?

정희 : 얼마주고 사왔는지도 모르지만, 난 팔지 않아. 그
리고 널 줄 수도 없어. 내 인형 이리 줘.

소라 : 왜 이래. 내가 이런 인형이 없어서 너에게 사정하
는 줄 알아? 난 내가 가지고 싶은 것은 다 가질 수
있어. 또 살수도 있어.

정희 : 이리 줘. 내 인형이야.

소라 : 줄 수 없어. 내가 가지고 있으니 내 것이야.

엄마 : (등장하면서) 왜 이리 소란하니. 왜 싸워?

소라 : 이 인형이 내게 없는 인형이라 날 달라고 했더니
안준다고 하잖아.

정희 : 외숙모가 사주신 내 인형 가지고 안 주잖아요.

엄마 : 알았다. 소라가 인형을 가지고 싶어하니 그 인형
소라에게 주어라. 내가 인형 살 돈 줄테니.

정희 : 안돼요. 줄 수 없어요.

엄마 : 넌 집에 가면서 똑 같은 것으로 사면 되잖아.

정희 : 안돼. 내 인형 이리줘.

소라 : (피하며) 싫어.

엄마 : 소라야, 주어라. 똑 같은 인형 사줄테니.

소라 : 싫어.

정희 : 이리 줘.

서로 인형을 가지고 잡아 당기고 싸우다 인형 팔이 떨어

진다.

정희 : 내 인형(울어 버린다).

소라 : 시끄러워, 이거 네 인형이니 가지고 어서 가. 울
　　　음소리 듣기 싫어.

정희 : (인형을 가슴에 안고 울면서 퇴장)

소라 : 에이 기분나빠. (또 인형을 집어 던진다.)

인형 3 : 저 못된 버릇, 또 그 버릇이 나온다. 우리가 소
　　　라에게 온 것이 잘못이야.

인형 4 : 아까 그 정희와 친구가 되었으면 좋겠어. 우리
　　　인형을 굉장이 사랑해 줄 것 같아.

　인형들의 한숨소리와 함께 무대가 어두워졌다 밝아진다.
장군인형이 가운데 의자에 앉아 있고 그 옆으로 인형 1, 2,
3, 4가 서 있고 다른 쪽으로 할머니와 정희가 서 있다.

장군인형 : 자, 조용히 하십시오. 먼저 나를 소개 하겠
　　　소. 난 인형 왕국에서 제일가는 장군이요. 하
　　　나님께서 특별히 나를 보내시며 부탁하셨습
　　　니다. 우리 인형들을 못살게 하는 못된 아이
　　　가 있다고 하시면서 잡아오라고 하셨습니다.
　　　그러나 증거가 충분해야 합니다. 모두 소라

에 대하여 증언해 주시기 바랍니다. 먼저 소
라를 잡아 오시요.
인형 1 : 네－, 곧 잡아오겠습니다. (퇴장)

소라를 데리고 등장, 장군인형 앞으로 무릎을 꿇게 한다.

장군인형 : 네가 소라냐?
소라 : (겁에 질려서) 네－.
장군인형 : 넌 우리 인형들을 못살게 한다면서? 던지고,
잡아 뜯고, 밟고.
소라 : 아니여요, 내가 인형을 얼마나 아낀다고요.
인형 2 : 장군님, 소라는 거짓말 대장입니다. 지금도 거
짓말을 하고 있습니다. 내 몸을 보시면 알 수 있
습니다. 얼마나 때리고 던졌는지 멍이 들어 있
습니다.
장군인형 : 그래, 그럼 한번 볼까?
할머니 : 장군님, 저 인형 말과는 다릅니다. 만약 소라가
인형을 미워한다면 많은 인형을 사다가 방에
둘리가 없지요. 또 인형을 좋아하고요.
인형 3 : 할머니는 소라에게 그렇게 구박을 받으셨으면
서 거짓말을 하세요? 장군님, 소라는 우리 인형
만 못살게 한 것이 아니라 할머니도 못살게 했

습니다.

할머니 : 아닙니다. 내 손녀라고 해서 드리는 말은 아닙
니다. 소라는 착한 아입니다. 그런데 학교에 갔
다오면 엄마도 없고 아빠도 없고 이 할미만 있
으니 성질이 변했습니다. 소라는 착한 아이입
니다.

장군인형 : 할머니의 마음은 잘 알겠습니다. 그러나 인
형을 보면 소라가 착한 아이인지 아닌지 알
수 있습니다. 저기 저 인형은 팔이 떨어져 나
갔는데 누구의 인형입니까?

소라 : 그 인형은 정희가 가져온 인형입니다.

정희 : 장군님, 제 인형입니다. 오늘 그 인형을 가지고
놀러왔다가 소라가 가지고 놀고 있는 것을 내가
달라고 하다가 잘못해서 팔이 떨어졌습니다.

인형 4 : 아닙니다. 정희도 거짓말을 하고 있습니다. 정
희 인형을 소라가 빼앗으려고 하다가 소라가 뜯
어버린 것입니다.

정희 : 장군님, 저는 소라와 오랫동안 함께 친구로 지냈
습니다. 고집도 세고, 욕심은 있지만 그래도 착한
친구입니다. 많은 인형과 많은 이야기를 하고 지
냅니다.

장군인형 : 누구의 말이 옳은지 모르겠군. 할머니와 정

희는 그래도 착한 아이라고 사랑의 마음으로
증언하고 인형들은 나쁜 아이라고 증언하니.

인형 4 : 장군님, 조금 전에도 화가 나서 인형들을 던져
서 여기 저기 흩어져 있습니다. 저 인형들에게
물어 보십시오.

장군인형 : 인형들의 나라에서는 소라를 꼭 잡아오라고
하는 데.

할머니 : 장군님, 안됩니다. 나는 다 늙어서 쓸데가 없는
사람이고 소라를 잘못 가르친 죄가 있으니 나
를 잡아 가십시오. 소라는 잘못이 없어요.

장군인형 : 할머니, 난 이미 다 알고 있습니다. 이제 그
만하십시오. 자. 소라를 데리고 가자.

소라 : 날 살려주세요. 할머니 날 못데려 가게 해 주세
요. 정희야, 넌 내 친구잖아, 인형들아 너희들도.

장군인형 : 소라야, 내가 묻는 말에 바르게 대답해 봐라.

소라 : 네ㅡ.

장군인형 : 너처럼 인형을 많이 가지고 있는 사람하고
꼭 마음에 드는 인형 하나만 가지고 있는 사
람하고 누가 인형에게 정을 주고 사랑하고
좋아하겠느냐.

소라 : 나처럼 인형이 많은 사람이 아니고요, 꼭 마음에
드는 인형 하나를 가진 사람이요.

장군인형 : 그렇다고 생각하느냐?

소라 : 하나 있는 사람은 그 하나만을 사랑하고 좋아하
         니까요.

장군인형 : 그래도 소라의 마음에는 착한 마음이 남아있
           으니 잡아가지는 않겠지만 벌을 받아야 한
           다.

소라 : 벌을 받아요? 무슨 벌을요?

장군인형 : 여기있는 인형들이 네팔을 끌고 다니고 던질
           테니 아프다고 소리치지 마라. 만약 소리치
           면 소리치지 않을 때까지 던질테니, 인형들
           은 아무리 던져도 소리치지 않으니까.

소라 : 날 던져요?

인형 2 : 자, 이쪽 팔을 내 놓으시지. 내가 던질테니 맛을
         보라고. 우리 인형을 던지고 못살게 하며 혼자
         만 잘났다고 생각하는 벌이다.

소라 : 인형아 용서해줘. 이제는 던지지 않을테니.

인형 2 : 그럼, 이쪽 팔을 잡고 던질까? 친구도 못살게
         굴고 할머니 마음도 아프게 하고 우리 인형의
         팔을 비틀고 던졌으니, 너도병신이 되어야 해.

소라 : 아니야, 난 병신은 싫어. 안돼.

인형 3 : 심부름도 할 줄 모르고, 자기방도 청소할 줄 모
         르고, 어머니에게 고자질해서 할머니 욕먹게 하

고, 사랑할 줄도 모르는 버릇은 고쳐야 해. 이렇
게 하면 고쳐지겠니? 일어나지 못하게 허리를
두들겨 줄까? 아니야 손이 없으면 던지지 못할
테니 손을 없애자. 이리 내놔.

소라 : 난 잘못한 것이 없어. 이렇게 하는 것이 나쁜것인
줄 몰랐어. 날 용서해 줘.

인형 4 : 발로 차고, 깔아 뭉개고, 허리를 못쓰게 하고,
우리 인형을 한꺼번에 쌓아두고 누워버리고, 그
못된 버릇 고치려면 아예 잡아 묶어놓고 정신나
게 때려주자.

소라 : 장군님, 난 할머니에게 한 것도, 정희에게 한 것
도, 인형들을 던지는 것도 잘못된 것인줄 몰랐어
요. 이제 알았으니 착한 아이가 되겠어요. 용서해
주세요.

장군인형 : 정말 다시는 잘못하지 않겠지?

인형들 : 장군님, 잡아가야 합니다. 말로만 잘못했다고
합니다. (사이) (모두 퇴장)

소라 : 인형들아, 용서해 줘. (몸부림 친다.)

무대가 어두어졌다 밝아진다.

소라 : (인형들을 정리한다. 인형을 털기도 하고, 만지기

도 하면서) 인형들아, 내가 잘못했어. 이제는 좋
은 친구가 되어 줄께. 용서해 줘.

할머니와 정희 등장

정희 : 소라야 이 인형봐라. 할머니가 예쁘게 기워주셨
　　　다. 팔이 예쁘지?
할머니 : 정희야, 소라와 사이좋게 놀아라.
소라 : 할머니 고맙습니다. 정희야 미안해.
할머니 : 소라야, 어디 아프니? 이상하다?

　엄마 등장하면서,

엄마 : 정희 아직 안갔구나. 어서 가거라. 소라와 싸우지
　　　말고.
소라 : 엄마, 소라도 좋은 사람이 되고 싶어요. 그러니
　　　엄마도 소라에게 좋은 엄마가 되어 주세요. 할머
　　　니처럼, 정희처럼.
엄마 : 소라야 무슨 말을 하니? 엄마는 모르겠다.
소라 : 엄마는 몰라도 돼요. (인형 하나를 들고 정희에게
　　　간다.) 정희야 미안해. 이 인형 줄테니 용서해 줘.
　　　그리고 이 인형 많이 사랑해 줘.

인형 4 : 소라가 너무 많이 달라졌어.

엄마 : (모르겠다는 표정으로) 내일은 해가 서쪽에서 뜨
        겠다.

   인형들의 웃음소리에 모두 웃는다. 서서히 어두워지며
막이 내린다.

4. 꿈꾸는 인형

■ **때** : 1991년 5월 어느날
■ **곳** : 은경이의 집
■ **나오는 사람**

은경(5학년 정도)	아빠
평강공주	유관순
어머니	인형(목소리만)
은희	혜란
민정	

✳ 연출자를 위하여

하나님은 사람들을 사랑하십니다. 그래서 사람마다 특별한 재능을 주셨습니다. 하나님께서 주신 재능을 잘 살려서 일하는 사람은 누구나 훌륭한 사람이 되었습니다.

5학년의 은경이는 울보이고 소심한 아이입니다. 타고난 재능과 성격은 작은 아이가 아닌데 자라온 환경이 아이를 소심하게 만들었습니다. 어느날 자신을 보게된 은경이가 자신의 소심함을 벗으려는 몸부림이 이 연극의 주된 내용입니다. 은경이의 몸부림을 통하여 아이들을 소심하게 키우는 부모에게 회개를 촉구하고 마음이 작고 좁은 아이에게 하나님이 주신 재능을 찾도록 해주어야 한다.

무대는 우리 가정의 응접실을 옮겨 놓으면 좋겠다. 복잡한 무대보다 가장 쉽게 꾸밀 수 있도록 했습니다. 포근한 의자에 앉아서 쓸 수 있는 작은 책상이 준비됐으면 시작할 수 있다. 평강공주, 유관순, 어머니등 등장 인물에는 상황과 맞는 분장이 필요하고, 조명도 필요하게 비추어야 한다.

한 가족을 중심으로 인물을 꾸밀 수도 있겠다. 새롭게 설계하고 출발한 1월에 아니면 5월 가정의 달에 모두를 생각할 수 있는 잃어버린 것을 찾게하는 무대극이 되기를 바란다.

므대가 밝아지면서 은경이의 울음소리가 들린다. 무대는 우리가 사는 가정의 응접실이다.

은경 : (울면서 나온다.) 아빠─. (울면서 아빠를 찾는다.)
아빠 : (거실로 나오며) 은경이 울음보가 또 터졌구나.
은경 : (아빠를 보고 안심한듯 울음을 그치고) 아빠, 어디가지 마세요. 혼자 있으면 무서워요.
아빠 : 아빠는 늘 은경이가 있는 곳에 있으니 염려말고 놀아라.
은경 : (퇴장하다 돌아보고) 아빠, 꼭 집안에 계셔야해요
아빠 : 그래, 알았다. (은경이 퇴장) 엄마도 없이 자라더니 걱정이 되는데, 어떻게 해야 할까? (걱정하면서 신문을 본다.)
혜란 : (무대 밖에서) 은경아─.
아빠 : 누구냐? 들어오너라.
혜란 : (등장하면서) 안녕하세요? 은경이 있어요?
아빠 : 그래, 집에 있다. 어서 오너라.
혜란 : 방에서 혼자 놀아요?
아빠 : 은경아! 친구왔다. 나오너라.
은경 : 네─, (대답하면서 등장) 혜란이 왔구나. 반갑다.

혜란 : 학교에서 올 때 왜 불러도 그냥 갔니? 내 목만 쉬
   었다.
은경 : 못 들었는데.
아빠 : 은경아, 혜란이가 왔는데 대접해야겠다. 내가 나
   가서 맛있는 거 사올테니 혜란이와 같이 집에 있
   어라.
은경 : 혜란이가 있으니 됐어요. 그러나 빨리 오세요.
아빠 : 알았다. (대답하면서 퇴장)

무대가 어두워졌다 밝아진다. 아빠가 커다란 인형을 안
고 과자 봉지를 들고 무대 앞쪽으로 등장한다.

아빠 : 은경이가 기다리겠다. 어서 가자.
민정 : 안녕하세요? (아빠를 보고 인사한다.)
아빠 : 그래, 어디들 가니?
은희 : 친구집에 가요.
아빠 : 너희들 은경이와 같은 반이지?
민정 : 네, 같은 반이예요.
아빠 : 은경이에 대해서 물어볼 것이 있는데. 말해 주겠
   니?
민정 : 네, 말씀하세요.
아빠 : 우리 은경이가 친구들과 같이 친하게 잘 지내고

있니?

민정 : 친구들과 잘 지내요. 그런데 은경이는 잘 울어요. 친구들과 장난하고 놀때도 조금만 다쳐도 울고요, 은경이가 마음대로 하지 못하면 울고요, 그래서 한번 놀아본 친구들은 은경이와 놀기를 싫어해요. 친구도 많지는 않아요. 혜란이는 은경이를 이해하는 편이여서 혜란이와 제일 친해요.

아빠 : 그래, 집에서도 울기는 잘하지만,

은희 : 그리고요, 은경이는 용기가 없어요. 달리기는 잘해요. 육상 선수도 될 수 있을 정도로. 그러면서도 꼴등이예요. 달리다가 넘어지면 다칠까봐 제일 뒤에서 천천이 뛰어요. 친구들과 운동장에서 놀기도 싫어하고요. 운동장에 나오면 불안해서 놀 수 없나 봐요. 선생님도 체육시간에는 나오지 말라고 해요.

아빠 : 그런 말은 처음 들어 보는데.

민정 : 은경이는 자기만 생각하고 남을 사랑할 줄 몰라요. 자기 자신만 내세우고 잘난체 하면서 남을 칭찬하거나 남의 이야기를 듣지는 안해요. 친구들의 어려움도 도와줄줄 몰라요. 우리반에 정남이라는 아이가 있어요. 할머니와 둘이서 어렵게 살아요. 우리반 어린이회에서 정남이 돕기 운동을

했는데 모두 열심히 도와주었는데 은경이만 빠졌
어요. 그러니 아이들이 흉보고 그러지요. 은경이
아버지께서 잘 도와주세요. 우리말은 듣지도 않
아요.

은희 : 예쁘고 공부도 잘 하는데... (잠시 말을 멈추었
다.)그렇게 오래가면 친구가 하나도 없을 겁니다.

아빠 : 은경이가 너희들에게 이야기 했나 모르겠지만 은
경이는 엄마가 안계신다. 은경이가 태어나서 며
칠후 엄마가 이 세상을 떠났지. 그 뒤로 할머니와
살다가 할머니도 돌아가시니 나와 둘이서 살아왔
다. 그래서 은경이 성격이 그렇게 됐는지 모르겠
다. 그러니 너희들이 좋은 친구가 되어서 은경이
가 고운 성격을 갖도록 도와주기 바란다.

은희 : 은경이 엄마 계시지 않는다는 사실을 우리가 몰
랐어요. 은경이가 한번도 이야기 한적도 없고요.

민정 : 친한 친구들도 모르는 사실을 알게 됐어요. 앞으
로 좋은 친구가 되어 주겠습니다.

아빠 : 고맙다. 어서 가거라.

은희 : 안녕히 가세요. (인사하고 둘이 퇴장)

무대가 어두워졌다 밝아진다. 응접실에는 은경이와 혜란
이가 재미있는 이야기를 하고 웃고 있다.

은경 : 아빠가 오실 때가 지났는데 왜 안오시지?

혜란 : 곧 오실거야. 기다리자.

아빠 : (등장하면서) 오래 기다렸지? 미안하다. 자 은경
　　　이 울지 말라고 은경이를 지켜 줄 인형을 사왔다.
　　　그리고 이것은 과자다 먹어라. (응접실 조그만 상
　　　위에 과자를 펴 놓는다.) 난 준비할게 있어서 잠
　　　시 나갔다 올테니 잘 놀아라. (퇴장)

　　둘이서 과자를 먹다가 무엇이 생각났는지 먹던 과자를
놔두고

혜란 : 참, 너희 어머니는 어디 계시니? 난 너희 엄마를
　　　한번도 못봤다. 어디 가셨니?

은경 : 어머니는 일하러 나가셨어. 저녁에야 오실거야.

혜란 : 은경아, 참 이상해. 어머니가 계시지 않는 것 같
　　　아. 너희집에 오면 그렇게 느껴져.

은경 : (화를 내면서) 왜 자꾸 물어. 엄마 이야기만 하면
　　　속이상해 가슴이 터질것 같은데.

혜란 : 왜 속상해. 그런 너의 모습이 더 이상해.

은경 : 엄마 이야기 그만해. 이제 너도 나가. 혼자 있을
　　　거야. (또 운다.)

혜란 : (어색한 표정으로) 그래, 내가 잘못 물어 봤나
      봐. 미안하다. (일어서서 나가면서) 내일 학교에
      서 만나자. 잘있어. 미안하다. (퇴장)

은경 : (혼자서 울다가) 엄마 이야기는 왜 해서 날 울려.

인형 : (인형은 그대로 있고 말소리만 들린다.) 소문 들
      던대로 울보구나.

은경 : (놀라서) 누구야? 날더러 울보라고?

인형 : 울보 아가씨 나야, 난 너희 아빠가 친구로 데려다
      준 인형이야.

은경 : 인형? (놀라서) 인형이 말을 한다고?

인형 : 나는 사람같은 인형이지만, 넌 인형을 닮은 인형
      같은 사람이야.

은경 : 내가 왜 인형같은 사람이야?

인형 : 난 사람같은 인형이기 때문에 한번 놔둔 자리에
      항상 있어. 움직이지도 못하고. 그래서 사람같은
      인형이야. 그러나 넌 움직이고, 말을 하고, 할 일
      을 다하지만 자꾸 울지, 화도 잘 내고, 난 한번도
      울어보지도 화를 내지도 안았어. 날마다 몇번씩
      우는 사람이니 인형같은 사람이지. 넌 마음이 너
      무 약해서 그래.

은경 : 자꾸 울음이 나오는데 어쩔 수 없잖아.

인형 : 할 수 없지. 옛날에도 울보로 소문난 사람이 있었

지. 아마 너보다 더 울보였나봐.

은경 : 누구 이야기 하는거야. 내 이야기를 돌려서 하는
      거 아냐?

인형 : 넌 소문도 못들었니? 울보공주 말이야.

은경 : 울보공주? 아, 평강공주 말이야, 그 공주는 이야
      기속에 나오잖아.

인형 : 너도 울보 대장이니 울보공주를 만나게 해 줄까?

은경 : 뭐, 평강공주를 만나게 해 준다고? 어떻게 이야기
      속에 나오는 공주를 만나?

인형 : 난, 할 수 있어. 인형 나라에서 너에게 올 때 그런
      능력을 가지고 왔거든.

은경 : 내 정신이 돌았나? 확실히 이상해. 인형이 말을
      하고, 이야기속에 사람을 만나게 해준다고?

인형 : 아니야. 난 할 수 있어. 은경이 정신이 이상한게
      아니야. 난 네 친구야. 나를 따라오면 돼.

은경 : 어떻게 따라가?

인형 : 마음에 이상한 생각을 버리고 내 손을 잡아 줘.
      그러면 평강공주에게 갈 수 있어. 자, 내 손을 잡
      아.

은경 : 그래, 그것도 재미있겠다. 자, 손을 잡았다.

　　요란한 음악과 함께 무대가 어두워졌다 밝아진다. 평강

공주가 다른쪽 의자에 앉아 있고 은경이와 인형은 그 자리
에 있다.

인형 : 평강공주님, 공주님 만큼 잘 우는 울보대장을 모
　　　시고 왔는데 울음을 뚝 그치게 해 주세요. 그리고
　　　너무 잘 울어요. 잘 울지않게 해 주세요.

평강 : 나도 울음을 그치지 못하고 바보온달에게 시집왔
　　　는데 무슨 힘으로 울음을 그치게 할까?

은경 : (놀라서 얼굴만 쳐다보고 있다가) 정말 평강공주
　　　님이예요? 정말 공주님이셔요?

평강 : 그래, 정말 내가 평강이야.

은경 : 그러면 어려서 얼마나 잘 울었어요?

평강 : 난, 너무 잘 울었나봐. 또 한번 울기 시작하면 빨
　　　리 울음을 그치지도 않고, 그런데 언제부터인가,
　　　바보온달에게 시집 보낸다면 울음을 그쳤나봐.
　　　그래서 온달에게 시집왔고.

인형 : 이 울보대장도 그래요. 잘 울고, 울음도 빨리 그
　　　치지도 않고, 이래도 울고, 저래도 울고, 하루에
　　　열번은 더 울것입니다.

평강 : 지나고 보니 내가 울었던 것은 내 나라를 구하려
　　　고 울었던 것 같아. 내가 울어서 온달장군을 만났
　　　지. 그 온달장군이 나라를 구했고. 그러니 울음도

울어야 할 자리에서 울어야지. 꼭 필요한 울음을 울어야지, 늘 우는 버릇은 참 못된 버릇이야. 나처럼 큰 일을 하기 위하여서는 울어도 날마다 울지 말고.

은경 : 난 그런 큰 일이 없는데요. 무슨 일이 큰 일인지 가르켜 주세요.

평강 : 큰 일이 없으면 울지 말아야지. 왜 늘 울어. 자꾸 울면 큰 일이 아닌데도 울면 진짜 울보대장이 되는거지.

인형 : 큰 일은 이제 살아가다 보면 생길거야. 그때 많이 울어.

평강 : 그래, 살아가다 보면 큰 일이 생길거야. 그 때가 되면 울라고 해도 울 시간이 없을거야.

인형 : 공주님, 시간이 없어서 이제 가야겠어요. 다음에 또 울면 데리고 올테니 그 때는 벌을 주세요.

평강 : 또 오기 어려울테니 지금 벌을 받고 가거라. 우리 온달장군님 오시라고 해서 종아리에 매를 맞게 해 줄까?

은경 : 싫어요. 온달장군님에게 매를 맞으면 내 종아리는 부러질겁니다. (인형의 손을 잡고) 이제 그만 가자. 공주님 안녕히 계셔요. 이제는 울지 않을래요.

인형 : 다음에 오면 매를 꼭 때려주세요. 여기서는 울지
       않는 다고 해도 또 울테니까요. 안녕히 계셔요.
평강 : 잘가요. 안녕.

　　무대가 어두어졌다 서서히 밝아진다. 밝아진 조명은 감
옥처럼 어두운 조명으로 바뀌어지고 흰 한복을 입고 손과
발이 묶인채 유관순이 서 있다.

은경 : (놀라서) 여기가 어디야? (인형에게 묻는다.)
인형 : 여기는 너희집 응접실이지. 그렇지만 용기없는
       너에게 용기있는 한분을 소개할려고 여기 왔지.
은경 : 이 분은 누구신대?
유관순 : 넌 누군데 여기 왔니? 옷도 예쁘게 입고.
인형 : 이 분은 유관순 열사이고 여기는 일본 사람들이
       만든 감옥이야.
은경 : 유관순 열사? 감옥?
인형 : 이 꼬마 아가씨가 용기가 없어요. 그래서 잘 하는
       일이 없어요. 달음질해도 꼴찌를 한데요. 그것도
       넘어질까 무서워서요.
은경 : 넌 어떻게 날 잘 알고 있지?
인형 : 난 다 알고 있어. 여기서 용기를 찾지 못하면 너
       희 집으로 가지 않을거야.

은경 : 인형 친구야, 여기는 무서워. 어서 집으로 가자.

유관순 : 여기는 보기에는 무섭지만 무서운 곳은 아니
　　　　야. 사람들은 모두 이런 곳에 오기 싫어하지.
　　　　나도 그래. 하지만 여기서 나갈 수 없잖아. 우
　　　　리들은 용기가 없어. 남자들도, 여자들도 총과
　　　　칼 앞에서는 너무 약해. 모두 조심하고, 난 그
　　　　런 용기없는 사람들에게서 벗어나 여기에 온거
　　　　야.

은경 : 그래도, 무서운 곳이니 나랑 같이 나가요.

유관순 : 네가 온 곳에 내가 갈 수 없고 너도 여기서 오
　　　　래 있을 수 없어. 조금 있으면 일본 경찰이 올
　　　　것이다. 그 때가 되기전에 여기서 가야 해.

인형 : 여기서 잡혀서 죽지말고 빨리 용기를 얻어가지고
　　　　가자.

은경 : 용기를 어떻게 얻을 수 있니. 그것이 무슨 물건이
　　　　니?

유관순 : 용기는 마음에서 솟아난다. 누구나 어두움이나
　　　　혼자 있는 것을 싫어하지. 그렇지만 이런 곳에
　　　　서 싸워야 할 상대는 원수가 아니고 마음이야.
　　　　자기 마음과 싸워서 이겨야 해. 그것이 용기야.
　　　　나도 이곳에 처음 왔을 때는 많이 무서웠지만
　　　　지금은 무섭지 않아. 일본 경찰의 고문도 무섭

지 않고, 이런 마음은 바로 우리나라가 독립을
해야 된다는 마음의 각오에서 온 것 같다. 진정
한 용기는 자신이 무엇이나 할 수 있다고 믿고
어려운 일도 해 나가는 것이고, 또 무슨 일이나
자랑하기 위해서 하는 것이 아니라 사랑하는
마음, 일하고 싶은 마음에서 해야 진정한 용기
있는 사람이라 할 수 있을거야.

인형 : 은경아, 일본 경찰이 오는가 봐. 어서 여기서 나
가자.

은경 : 여기 더 있고 싶어. 혼자 두고 가고 싶지 않은데.

유관순 : 난 혼자가 아니야. 늘 많은 사람들의 염려와 기
도가 나와 함께 있는 거야. 네가 있는 곳에 나
도 함께 있을 거야. 어려움을 이겨야 해. 참된
용기는 어떤 어려움도 바른 마음으로 이겨가는
것이야. 어서 가거라. 용기있는 친구가 되어라.

인형 : 자, 내 손을 잡아.

은경 : (인형의 손을 잡으며) 꼭 이기세요. 용기도 있고,
남을 사랑할 줄 아는 좋은 사람이 되겠어요.

무대가 어두워졌다 밝아진다. 어머니가 계시지만 은경이
는 알아보지 못한다.

인형 : 은경아 이 분이 누구신지 몰라?

은경 : 누구신지 모르겠는데. (천천히 자세히 본다.) 우
리 엄마 사진하고 같은 얼굴인데.

어머니 : 그래, 네가 은경이구나. 많이 자랐구나. 내가
바로 너희 어머니다.

인형 : 어머니라고 하는데 왜 그렇게 멍하니 서 있어?

은경 : 정말 어머니세요? 정말이예요?

어머니 : 그래, 내가 정말 너희 엄마야. 네가 세상에 태
어난지 며칠 안되어서 떠나서 내 얼굴을 기억
못하겠지. 난 널 잘 알고 있다.

인형 : 어머니께서 은경이 마음속에 사랑을 가득 담아주
세요. 은경이는 사랑을 받지 못해서 그런지 몰라
도 남을 사랑할 줄 몰라요.

어머니 : 그랬을거야. 아빠나 외할머니가 주시는 사랑이
다르기 때문에. 그렇지만 사람들의 마음속에는
누구나 다 사랑을 가득 담고 있지. 그것은 많이
쓰는 사람은 많은 사랑을 주는 사람이 되고, 그
것을 쓰지 못하면 은경이 같이되지.

은경 : 사랑하고 싶어요. 친구들과 함께 재미있게 지내
고 싶어요. 그런데 이상해요. 나보다 예쁘고 좋은
친구를 보면 미워져요.

어머니 : 누구나 다 그렇지. 다만 그런 마음을 억누르고

참으면서 자기 자신을 지켜가는 거야. 엄마는
널 사랑했다. 아주 큰 사랑을.

은경 : 엄마 이야기는 들어보지 못했어요.

어머니 : 엄마는 심장병이 있었지. 항상 고생했어. 아빠
와 결혼하고 살면서도 그 병 때문에 아이를 낳
을 수 없었다. 아이를 가지게 되면 죽는다고 했
다. 그런데 아빠와의 사랑을 생각하면서 난 죽
더라도 아이를 낳기로 했고, 널 세상에 태어나
게 한거야. 아빠가 그렇게 반대하고 말렸는데,
의사선선생님도 말렸는데, 모든 것을 하나님께
맡기고 꼭 하나만 낳기로 한거야. 넌, 이 엄마
를 닮았어. 그래서 아빠가 많이 사랑해 주실거
야.

은경 : 날 낳으시고 엄마는 세상을 떠나셨군요.

어머니 : 그래, 그래서 내가 세상을 떠났지만 네 마음에
사랑을 가득 주고 떠났지. 사랑은 그냥 입으로
하는 것은 아니다. 사랑은 내가 희생하고 모두
가 행복해지는 것이다. 넌 날 닮아서 마음에 큰
사랑이 있어. 이제 마음을 활짝 열고 그 사랑을
주어라. 받으려고 생각하면 그것은 사랑이 아
니다. 먼저 사랑해라. 그래야 사랑을 받을 수
있다.

인형 : 은경아 이제 가자. 엄마에게 사랑을 배웠으니,(사
    이) 지금 아빠가 찾고 계셔.

어머니 : 은경아, 어서 가거라. 그리고 훌륭한 사람이 되
    거라. 훌륭한 사람은 사랑을 많이 나누어 준 사
    람이야. 누구보다 큰 사랑을 나누어 주는 사랑
    의 사람이 되어라.

은경 : 엄마, 난 엄마와 함께 여기서 살고 싶어요.

어머니 : 은경아, 넌 나와 여기서 살 수 없어. 먼 훗날 만
    날 수 있을거야. 먼 훗날….

은경 : 엄마, 나 엄마와 함께 살고 싶어요?

어머니가 인형을 가져다 은경의 품에 안겨준다.

인형 : 어서 가자. 아빠가 부르시는 소리가 너무 크게 들
    려.

무대가 어두워졌다 밝아진다. 은경이가 인형을 안고 있
다.

아빠 : (등장하면서) 어디 갔다 왔니? 그렇게 찾았는데?

은경 : 난 여기 있었는데요.

아빠 : 아냐, 어디서 놀다 들어온 모양이구나.

은경 : 아빠, 나가서 놀다 와도 되지요?

아빠 : 놀러 간다고? 넌 놀러 나간 적이 없는데.

은경 : 이제부터 친구 집에도 가고 운동도 할거예요. (인
형을 들고 나가려다 돌아보고) 아빠, 엄마가 계셨
으면 좋겠어요. 아빠 마음에 드는 엄마 되실분 있
으면 모시고 오세요. 이제는 반대 안할거예요. 아
빠, 놀다 오겠습니다. (퇴장)

아빠 : 우리 은경이가 이상해졌는데?

아빠는 퇴장하고 은경이 친구들과 함께 무대 앞쪽을 나
온다.

혜란 : 은경이가 어쩐일이지 막 달려오기도 하고, 소리
도 치고, 우리들을 불러내고, 웃기도 하고.

은희 : 은경이 네가 우리집에 와서 부르는 소리 듣고 놀
라서 기절할 뻔 했어. 아무래도 이상해.

민정 : 맛있는 빵과 과자도 사주고 넌 확실히 이상해졌
어. 난 무엇이 무엇인지 알 수 없어.

은경 : 그렇게 됐어. 난 인형같은 사람이야. 사람 같은
인형 친구를 만나서 사람 같은 사람이 된거야.

혜란 : 인형같은 친구, 그렇게 예쁘고 멋있는 친구가 어
디 있니. 내가 알면 안되니?

은경 : 넌 모를거야.

민정 : 은경아, 내게도 소개해 줘. 그렇게 좋은 친구를
　　　혼자만 사귀니?

은희 : 나도 꼭 소개해 줘.

은경 : 그래, 여기서 소개해 주지. 바로 여기 있어. (인형
　　　을 높이 든다.)

혜란 : 인형? (모두 놀랜다. 그리고 함께 웃는다. 웃음
　　　소리와 함께 무대가 차차 어두워진다.)

5. 내 친구를 찾습니다

■ **때 :** 1993년 어느날

■ **곳 :** 우리가 사는 곳 어디서나

■ **나오는 사람**

친구

경호(중학교 1학년 정도)

진희(국민학교 5학년 정도)

경호(아직 학교에 가지 않은 아이)

할머니,　　　아빠

❋ 연출자를 위하여

어린이는 꿈을 꾸면서 내일의 새날을 설계합니다. 그런데 우리의 현실은 어린이들에게 이런 꿈을 꾸지 못하게 합니다. 공부해라. 학원에 가라. 삶의 틀을 만들어 놓고 그대로 살아가고, 벗어나기를 원하지 않고 있습니다.

생각이 다른 형과 누나는 아무래도 꿈을 잃은 현실 속에서 살아가고 있습니다. 경호의 순수하고 깨끗한 마음과 하나님이 보내신 천사 친구를 만남으로 경호의 잠재 속에 꿈꾸고 있는 모든 것을 이루게 합니다.

경호의 순수한 마음과 상반된 형과 누나와의 말과 생각, 할머니의 너그러운 마음이 경호의 꿈을 이루게 한다. 무대는 특별히 장식할 필요는 없지만, 아이들의 꿈의 세계를 표현하는 무대이면 더욱 좋겠습니다. 친구의 의상은 특별히 신경을 써야 합니다. 너무 잘 입으면 모든 사람의 시선을 받을 수 있고, 너무 헐입으면 모두가 거지 취급을 할 수 있기 때문입니다. 경호의 집안을 생각하고 비슷한 옷을 입으면 좋겠고, 친구는 웃음과 어쩐지 거룩한 모습도 나타내야 하겠습니다. 가정의 달인 5월이나 성탄절이나 무대에 올릴 수 있는 극본입니다.

　무대가 밝아지고 막이 오르면 우리가 사는 작은 거리가 보이고 그 거리에 작은 친구가 목에 "내 친구가 되어 주세요."라고 쓴 큰 이름표를 목에 걸고 서 있다. 아무 말없이 지나가는 사람들을 바라본다. 영호, 진희, 경호 등장

영호 : 빨리 가자. 할머님이 기다리시겠다.
진희 : 오빠, 이 고기로 할머니 죽을 끓여 드리면 할머니
　　　께서 기뻐 하실거야

　영호와 진희는 무심코 지나지만 경호는 작은 친구 앞에서 구경하고 있다.

영호 : 경호야 빨리 와, 늦었어
경호 : 형아, 여기 뭐라고 써 있는거야?

　영호와 진희가 가던 걸음을 멈추고 돌아서서 친구 앞으로 온다.

진희 : 이것도 못 읽어? 내 친구가 되어 주세요. 하고 써
　　　있잖아.
경호 : 내 친구가 되어 주세요?
영호 : 그래, 별 구경거리가 아니야. 빨리 가자.

경호 : 형, 난 이 아이의 친구가 되고 싶어. 어떻게 하면
    되는 거야?

영호 : 나도 모르겠다. 친구가 되는 방법은 안써졌는데.

진희 : 경호야, 넌 친구가 많이 있는데 아무것도 모르는
    아이를 친구로 삼으려고 하니?

경호 : 누나, 난 이 친구가 마음에 들어. 진짜 친구가 되
    고 싶으니 알아봐 줘.

영호 : (친구에게 묻는다.) 어떻게 하면 친구가 될 수 있
    니?

친구 : 정말 친구가 되고 싶은 사람에게만 가르쳐 주는
    데요.

진희 : 경호야, 네가 물어봐. 그러면 대답해 줄지 알아.

경호 : 그럴까? (친구에게) 난 진짜 친구가 되고 싶은데
    어떻게 해야 돼?

친구 : 경호 마음은 내가 잘 알아. 하지만 형과 누나가
    친구되는 것을 싫어하니 말 할 수 없어.

경호 : 내 이름을 알아?

친구 : 난 사람만 보면 그 사람에 대하여 모든 것을 알
    수 있어.

영호 : 경호야 빨리 가자. 어두워지겠다. 할머니께서 기
    다리고 계실거야.

경호 : 형, 난 친구가 되고 싶어. 형이랑 누나도 친구가

되고 싶다고 말해.

진희 : 별 이상한 아이 다 보겠네. 어서가자.

경호 : 싫어. 친구 안되면 집에 안갈거야.

진희 : 그러면 너 혼자 여기 있으면서 친구해라. 난 오빠
하고 집에 간다.

경호 : 갈테면 가. 난 꼭 친구가 될꺼야.

영호 : 왜 그래. 넌 친구 많이 있잖아.

경호 : 그래도 이런 친구 처음 봤단 말이야. "친구가 되
어 주세요"하는 친구말야.

영호 : 정말 집에 안갈테야? (화를 낸다.)

경호 : 그래, 난 집에 안가.

진희 : 오빠, 경호 말대로 해. 다시 물어보자. 우리가 학
교 가버리면 경호는 친구가 없잖아. 유치원에도
못가고, 할머니는 누워계시고, 그래서 더 심심할
거야.

영호 : 그렇지만 집이 어디인지도 모르잖아.

친구 : 난, 집이 없어. 친구가 되면 친구 집에서 먹고 자
야해.

진희 : 뭐라고, 친구 집에서 지내? 그러려고 친구를 찾는
거야?

경호 : 형아, 그럼 좋잖아. 나랑 함께 살면 되잖아. 친구
되게 해 줘. 형아ㅡ.

영호 : (경호와 친구를 한 번 쳐다 본다.) 그렇게 친구가 되어주고 싶어? 우리 집에는 먹을 양식도 없고, 돈을 벌어 올 사람도 없고, 엄마는 나가시고, 아빠는 어디 계신지도 모르고.

경호 : 그래도 친구가 됐으면 좋겠어.

진희 : 밥도줘야지?

경호 : 내 밥 나누어 먹으면 되잖아.

진희 : 밥 적게 준다고 투정하면서, 배고프다고 짜증 안 낼거야?

경호 : (한참 생각하다.) 그래 짜증 안내.

영호 : 그럼, 내가 물어보지. (친구에게) 어떻게 하면 친구가 될 수 있니? 우리 셋이서 친구가 되어 줄께.

친구 : 돈이 얼마 있어?

영호 : 돈? 돈은 왜?

친구 : 날 친구로 만들려면 돈이 있어야 해. 돈으로 날 사야해.

경호 : 돈으로 사야 해? 돈이 얼마나 있어야 해?

친구 : 가지고 있는 돈 전부 주면 돼.

영호 : 돈을 전부 달라고? 내게는 이천원이 있어. 그런데 이 돈으로 쌀을 사야 하는데.

진희 : 진짜, 이상한 아이다. 그냥 가자. 어서(경호를 잡아 끌고 간다.)

경호 : 형아, 이천원 나 줘. 이 친구 사 가지고 가자.

영호 : 경호야, 너 오늘 왜 그래?

경호 : 형아, 우리도 그렇지만 불쌍해, 불쌍해서 그냥 못
　　　가겠어. 오늘 저녁이라도 친구가 되어 주자.

진희 : 정말 말 안들을거야?

경호 : 누나, 그럼 누나 먼저 가.

영호 : 가자. 경호야 가자. 우리는 이천원을 주고 친구를
　　　살수 없어. 할머니 약도 지어드리지 못하는 데.

경호 : (할 말이 없어. 작은 소리로) 그래도.

진희 : 오빠 가요. 내가 데리려 올테니.

　　영호와 진희 퇴장

경호 : 넌 정말 이상한 친구다. 왜 친구가 되려면 돈이
　　　필요해? 이천원이면 우리 식구가 몇 번 밥을 먹을
　　　수 있어.

친구 : 그럼 네 주머니에 있는 사탕 내게 줘.

경호 : 사탕? (호주머니에 손을 넣어 만지면서) 이 사탕
　　　은 할머니 드릴 것인데. 그래도 친구가 좋아, 사
　　　탕만 주면 되지?

친구 : 그래.

경호 : 자, 사탕 먹어봐.

친구 : (사탕을 받으며) 맛 있겠다. (먹지 않고 주머니에
　　　넣고) 자, 가자. 너희집에 할머니가 많이 아프시
　　　지?

경호 : 그래, 병원에도 못가.

친구 : 넌, 정말 날 좋아하니? 정말 내 친구가 되고 싶
　　　어?

경호 : 그럼, 정말이야.

친구 : 집에 가면 형이나 누나에게 야단맞을턴데. 그래
　　　도 좋아?

경호 : 형이랑 누나는 항상 내가 불쌍하다고 해. 엄마도
　　　없고, 아빠도 없다고.

친구 : 엄마랑 아빠랑 보고 싶니?

경호 : 그럼 보고 싶지.

친구 : 집으로 가자. 난 경호 네 집을 알고 있으니 내가
　　　먼저 갈테니 날 따라와.

경호 : 그래, 어서 가자. (둘이 퇴장)

　무대가 어두워졌다 밝아지면서 경호네 집이 나온다. 할
머니가 방에 누워 계시고 그 옆에 영호와 진희가 앉아 있
다.

경호 : (등장하면서) 형아, 내 친구 왔다.

영호 : 친구?

경호 : 아까 그 친구.

진희 : 집에까지 데리고 왔단 말이야?

경호 : 그래, (무대 밖을 향해) 친구야 어서 들어와. (친
　　　구등장)

영호 : 경호야, 너 왜이래. 할머니 누워계시는 방에.

할머니 : 괜찮아. 친구라고? 어디 이리와 봐.

친구 : 할머니 안녕하세요?

할머니 : 처음 본 아이인데 어디서 사니?

친구 : 전 집이 없어요.

할머니 : 그럼, 부모님은?

친구 : 엄마도 아빠도 안계세요.

할머니 : 그럼, 고아원에서 도망쳐 왔구나. 오늘밤은 좁
　　　　지만 여기서 자고 내일은 살던 곳으로 가거라.
　　　　그래야 밥이라도 배부르게 먹을 수 있지.

경호 : 할머니, 내 친구는 가지 않을 텐데요. 여기서 나
　　　랑 함께 살기로 했거든요.

영호 : 그런데 돈이 어디 있어서 데리고 왔니?

경호 : 돈? 돈이 없어도 친구를 살 수 있었어. (할머니
　　　쳐다보고) 참, 할머니 미안해요. 할머니에게 드릴
　　　사탕을 친구하고 바꾸었어요.

진희 : 사탕이라고? 할머니 드릴 사탕하고. (그냥 어이

없다는 표정으로 웃는다.)

경호 : 그래도 할머니가 좋아 하시잖아.

영호 : 경호 너 매 맞아야겠다.

할머니 : 경호가 매 맞을 일 안했다. 이 할미가 아프지
않으면 경호가 유치원에도 가서 공부도 하고,
친구도 만나고, 노래도 배우고 할텐데. 유치원
에 못가니 친구가 없어서 사탕을 친구와 바꾸
어 왔지. 그냥 두어라. (할머니가 일어나려고
한다.)

친구 : 할머니 그냥 계셔요. 자 사탕 여기 있어요. 경호
가 준 사탕인데 지금은 제 것이니 제가 드리는 것
입니다. (할머니가 사탕을 받아 본다.)

영호 : 할머니 조금만 참고 계셔요. 곧 저녁 준비할테니
까요. (영호, 진희 퇴장)

할머니 : 너희들이 고생이 너무 많구나. 어서 내가 죽든
지, 엄마, 아빠가 돌아오든지 해야지. (한숨을
쉰다.)

친구 : 경호야 할머니가 건강하셔서서 돈을 벌면 좋겠지?

경호 : 할머니가 돈 벌면 좋기는 하는데 나 혼자 집을 지
켜야 하잖아. 할머니가 아프신 다음부터 늘 집에
계셔서 좋았는데. (한참 생각한 후) 그래도 할머
니가 건강하셔서서 돈을 벌어 오시면 좋겠어. 과자

랑, 밀감이랑 사오시고 옷도 사주시고, 유치원에
도 갈 수 있고.

친구 : 내일 할머니 약을 구해오자.

경호 : 할머니 약을?

친구 : 그래, 할머니 약을 그대신 형이나 누나와 할머니
에게 아무말 하지 말고 둘이 가야해. 알았지? 말
하면 할머니 약 못구해 온다.

경호 : 알았어. 약속 지킬게.

친구 : 약속. (둘이서 손가락을 건다.)

무대가 어두워졌다 밝아진다. 무대 위에는 할머니 혼자
누워계신다. 진희 등장하면서

진희 : 할머니, 학교에 다녀왔습니다.

할머니 : 진희야, 이제 오니. 학교에서 오는 길에 경호
못봤니? 경호가 어디 갔는지 하루종일 보이지
않아.

진희 : 경호가 없어요?

할머니 : 아침에 그 친구하고 놀다 오겠다며 나갔는데
아직 얼굴을 못 봤다.

진희 : 할머니, 제가 나가서 찾아보고 오겠습니다.

영호 등장하면서.

영호 : 학교에 다녀왔습니다.

진희 : 오빠, 경호가 그 꼬마 친구와 아침에 나가서 하루
　　　종일 안 들어왔데요.

영호 : 경호가? 경호 이 녀석이.

할머니 : 너무 경호만 나무라지 마라. 경호도 모처럼 친
　　　구와 함께 있으니 시간 가는 줄 모르고 노는 모
　　　양이다. 옛말에 부모 팔아서 친구 산다고 했단
　　　다. 얼마나 친구가 없으면 친구를 사 왔겠니.

영호 : 나가서 찾아 오겠습니다.

할머니 : 그래라. 어서 내가 일어나야 할텐데. 경호를 찾
　　　더라도 너무 큰 소리치지 마라.

　경호와 친구가 등장한다. 경호 손에는 작은 물병이 하나
있다.

경호 : 형이랑 누나랑 학교에 갔다 왔구나.

영호 : (큰 소리로) 너 어디갔다 이제 오는거야?

경호 : 형, 큰 소리치지마. 나 이래뵈도 할머니 약 가져
　　　왔단 말이야.

진희 : 할머니 약?

경호 : 그래, 친구랑 저기 먼 산에 가서 구해 가지고 왔
　　　어.

영호 : 먼 산에 가서?

진희 : 얼마나 멀리 갔다 이제 오는 거야?

　　경호는 형도 누나도 무시하고 물병을 할머니에게 드린
다. 친구는 컵을 가지고 와서 드린다.

경호 : 산에 올라갈 때 배도 고프고 다리도 아팠는데 물
　　　을 조금 먹고 나니 배고픈지, 다리아픈지 모르겠
　　　데요. 굉장히 좋은 약물이예요. 어서 드세요.

할머니 : 하루밤 사이에 우리 경호가 어른이 다됐구나.
　　　　어디 한번 마셔볼까?

　　할머니는 일어나 앉는다. 영호와 진희는 어이없다는 표
정으로 바라보고 있다.

친구 : 할머니 어서 마셔보세요. 힘이 날것입니다.

영호 : (컵을 보면서) 이것은 물이잖아. 물이 할머니 약
　　　이 된다고?

할머니 : 영호야, 찬물도 정성을 다하면 약수가 되어 생
　　　　명을 살리기도 한다고 그래. 우리 경호가 떠가

지고 왔으니 마셔보자. 분명 약이 될거야. (마
신다.)

할머니 : 아이 시원하다. 맛도 참 좋다. 이렇게 좋은 물
을 어디서 가져왔담.

경호 : 할머니 맛있어? 시원해? 정말?

할머니 : 그래, 참 시원하고 맛있어.

경호 : (영호를 보면서) 거봐, 할머니가 맛 좋다고 하시
잖아.

진희 : 맛만 좋으면 뭐하니? 할머니가 경호 생각해서 맛
있다고 하셨지. 그리고 할머니가 일어나셔야지.

경호 : 어ㅡ. 친구가 분명 일어나실거라고 했는데.

친구 : 경호야, 너무 걱정하지마.

영호 : 할머니, 저녁 준비해야겠어요. (일어나 나가려고
한다.)

할머니 : 아니다. 내가 할테니 쉬어라.

진희 : 할머니가요?

할머니 : 그래, 어찌 몸이 가볍고 아픈곳이 하나도 없는
것 같다. 어디 일어나 볼까?

할머니가 일어나 기지개를 켜신다.

영호 : 할머니, 정말 괜찮으세요?

진희 : 할머니, 넘어지시면 큰일나요. 누워계세요?

할머니 : 경호야, 고맙다. 경호가 가져다 준 약물 때문에
　　　　이 할미가 이렇게 좋아졌어요. 경호 업고도 다
　　　　니겠다. 우리 경호 친구도 고맙고.

경호 : 형, 누나, 잘 봤지? 할머니가 일어나셨잖아. 이래
　　　도 날 뭐라고 할거야?

영호 : 할 말이 없다. 이상하다. 어떻게 된 것인지 알 수
　　　가 없어.

경호 : 내 친구 때문이야. 내 친구에게 칭찬해 줘.

영호 : 고맙다. 그런데 왜 우리에게 말하지 않았지?

친구 : 경호는 내 말을 믿어주었기 때문이고 형이나 누
　　　나는 말했어도 못 믿었을거야. 그래서.

진희 : 그런데 이 약물은 어디서 가져왔지?

경호 : 난 몰라. 거기가 어딘지.

친구 : 나도 몰라. 거기가 어딘지.

　할머니는 일어나 웃으시며 퇴장하고 무대는 어두워졌다
다시 밝아진다. 무대 위에는 할머니 혼자 앉아서 일하고 계
신다.

할머니 : 이렇게 빨리 나을 수 있는 물을 어디서 구해 왔
　　　　을까?

경호와 친구 등장

경호 : 할머니, 아빠가 보고 싶은데, 할머니는 보고 싶지
　　　 않으세요?

할머니 : 보고 싶지만 너희 아빠가 집을 나간지 너무 오
　　　　 래 되어서 얼굴을 잊어 버렸다.

경호 : 얼마나 됐는데요?

할머니 : 한 오년이나 됐을까? 그때 아빠가 술먹고 노름
　　　　 을 하다가 돈을 많이 잃어 버렸지. 네가 두 살
　　　　 때 나가서 지금까지 소식이 없었다.

친구 : 그럼, 경호 어머니는 어디가셨어요?

할머니 : 경호 아빠가 나간지 일년쯤 지나서 아빠 찾아
　　　　 오겠다고 나갔는데 지금까지 소식이 없어. 어
　　　　 디서 무엇을 하는지.

경호 : 할머니, 아빠가 보고 싶다고 했는데 아빠 모셔 올
　　　 까요?

할머니 : 아빠를? 네가?

경호 : 내 친구랑 가면 모셔올 수 있어요.

할머니 : 정말이니?

친구 : 할머니는 우리 말을 믿으실거예요. 어제 할머니
　　　 도 일어나셨잖아요.

할머니 : 그래, 믿고 말고. 어서 모셔 오너라.

　　둘이 퇴장. 할머니는 멀리 보고 한숨만 쉬고 계신다. 영호 등장

영호 : 할머니, 오늘은 누워계시지 않았어요?
할머니 : 오랫만에 일어나 일을 하니 기분이 참 좋아.
영호 : 그런데 두 꼬마들은 어디 갔어요?
할머니 : 누굴 찾아오겠다고 나갔는데.
경호 : (무대 밖에서) 할머니, 아빠 오셨어요. 나와 보세
　　요.
할머니 : 아빠 오셨다고?

　　친구, 경호, 아빠 등장

아빠 : (엎드려 절하며) 어머니, 절 알아보시겠습니까?
할머니 : 아니, 넌. (말문이 막혀서 보고만 있다가 눈물
　　을 흘린다.)
영호 : 아빠 ─. 정말 아빠예요?
아빠 : 네가 영호구나. 영호야. (서로 껴안고 기뻐한다.)
　　(친구는 슬며시 퇴장한다.)

할머니는 눈물만 흘리고, 진희 등장.

영호 : 진희야, 아빠가 오셨다.

진희 : 아빠가? (한참 쳐다보고 확인한 후) 아빠ㅡ. (아
　　　빠 품에 안긴다.)

경호 : 엄마도 곧 오실거예요. 내 친구가 엄마도 오신다
　　　고 했어요. 내 친구가. (돌아본다.) 어ㅡ, 내 친구
　　　어디갔지?

영호 : 여기 있었는데ㅡ.

경호 : (뛰어나가면서) 친구야! (퇴장)

무대위에는 불이 어두워졌다 다시 밝아진다.

친구 : 내 친구가 되어 주세요. (목에 걸고 친구를 찾는
　　　다.)

친구 : 내 친구 경호는 참 기쁘겠다. 엄마도 오셨으니 경
　　　호는 참 좋은 친구였는데. (큰 소리로) 경호야 안
　　　녕. 여러분 내 친구가 되어 주세요. 좋은 친구를
　　　찾습니다.

무대위에 어둠이 서서히 찾아오면서 막이 내린다.

6. 허수아비의 외출

■ **때** : 1993년 겨울 어느날
■ **곳** : 시골읍 어느거리
■ **나오는 사람**

　허수아비, 철수, 농부, 숙희,
　명자, 영식, 영식엄마, 인수,
　인수엄마, 아저씨, 교인 1, 2

✳ 연출자를 위하여

허수아비가 외출을 했다. 사람이 만들어 새를 쫓게 하는 허수아비를 통해서 우리 삶의 잘못된 곳을 밝혀보자는 것이다.

연극의 생명은 등장하는 인물들을 통해서 어두운 곳은 밝히고, 잘못된 것은 바르게 하는 것이라고 생각한다. 분명한 메시지가 있어야 한다는 것이다. 교회에서 공연하는 연극은 더욱더 그렇다고 생각한다. 단지 한두 사람의 잔치가 아니고 분명 회개의 메시지와 봉사와 희망의 메시지가 되어야 한다고 믿고 있다.

무대 장식에 중요성 보다 등장 인물이 모두 복음의 사신이 되어 자신의 역을 통하여 관중에게 분명한 말씀을 전해 주어야 한다. 허수아비의 외출은 인간이 하나님 자리에 올라 자신이 하나님처럼 군림하고 소리친다. 허수아비는 그것이 아니라고 소리친다.

추수 감사절이나 성탄절에 공연할 수 있는 연극이다. 대사를 바꾸어서 공연 할 수도 있겠다고 생각한다. 무대가 자꾸 바꾸어 지는데 그 무대마다 특성있는 것 하나이면 충분하다고 생각한다. 예를들면, 도시 주변의 골목이 나오면 외등 하나를 세워주면 되겠고, 농부의 집은 싸리문이 준비되었으면 한다. 허수아비로 분장한 사람은 키가 크고 경험이 많은 믿음의 사람이면 좋겠다.

좋은 연극은 좋은 사람을 만들고, 좋은 사회를 만든다는 믿음을 가지고 무대에 허수아비의 외출을 올리자.

각이 열리면 추수한 들녘이 보인다. 무대 가운데 허수아
비가 서 있다.

허수아비 : 하나님, 이젠 제가 할 일도 끝났습니다. 추수
를 했으니 참새를 쫓을 필요도 없고 참새도
추워서 집에만 있는지 보이지도 않습니다.
너무 조용합니다. 하나님 이제 저는 어디로
가야 하지요? 무엇을 할까요?

바람소리.
허수아비 옷이 날린다. 모자가 벗겨져 날아간다.

허수아비 : 하나님, 혼자 있으려니 너무 외롭습니다. 할
일 없는 이곳에 혼자 두지 마시고 제가 할 일
이 있는 곳으로 보내주세요.

다시 바람소리.
허수아비의 옷이 날린다.

허수아비 : 하나님, 하나님은 능력이 많으시다고 들었습
니다. 농부의 아들이 교회 다니는데, 하나님
을 자랑할 때 그러던데요. 하나님, 제 소원

하나만 들어 주십시요.

바람소리.
허수아비의 옷이 날린다.

허수아비 : 하나님, 저의 기도를 들어주시지요. 네ー? 소
원이 무엇이냐고요? 하나님, 저는 사람이 되
어 봤으면 합니다. 이 논 가운데만 서 있는
것이 아니라 걸어다니기도 하고, 뛰기도 하
고, 말도 하고, 춤도 추고, 노래도 하고, 그래
야 하나님을 찬양하지요. 그리고 저 농부 집
에도 가보고 싶고, 학교도, 시장도 구경하고,
예배드리는 교회도 가보고 싶습니다. 저를
사람으로 만들어 주세요.

바람소리.
허수아비의 옷이 날리고 발이 움직인다. 이리저리 움직
여 보고 뛰어본다.

허수아비 : 하나님, 저의 기도 들어주셨군요. 감사합니
다. 네ー? 사람이 된 것을 후회할 것이라고
요? 아닙니다. 저는 후회하지 않을 것입니다.

네-? 크게 말씀하십시요. 손을 움직여 보고 춤을 추라고요?

바람소리.
허수아비가 손을 움직인다. 손을 들어 춤을 춘다.

허수아비 : 하나님 감사합니다. 이렇게 손이 움직여요. 지금 손을 들어 춤을 추고 있잖아요. 하나님 보이지요? 멋 있지요. 하나님 참 감사합니다.

바람소리.
허수아비가 춤을 춘다. 뛰어 다니기도 한다. 철수가 등장 하니 그대로 서 있다.

허수아비 : 아니, 저 애는 철수가 아니야. 철수가 알면 기절 할거야. 그러니 그대로 서 있어야지.
철수 : (등장하면서) 아니 논 가운데 있는 허수아비가 여기있지? 지나가는 사람들이 밟으려고, 누가 뽑 아다가 여기다 버렸나 봐. 넌 논 가운데 있어야 다치지 않아, 자 이리와.

철수가 허수아비를 끌고 다시 논 가운데에 둔다.

철수 : 허수아비야, 겨울이라 심심하고 재미 없겠지만 넌 여기에 있어야 해. 이 자리가 네 자리야. 넌 참새들과 함께 놀아야 해. 하긴 허수아비 같은 사람, 허수아비 보다 못한 사람도 많이 있지만, 여기에 있어. 안녕. (퇴장할려고 할 때)

허수아비 : 야! 철수야, 나도 사람이 되었다고. 나도 걸을 수 있고, 춤도 춘다고.

철수 : (가던 걸음 멈추고 돌아보며) 누가 뭐라고 했나? 허수아비 뿐인데. 허수아비는 말 할 수 없고, (두리번 거린다.) 아무도 없는데, 내가 잘못 들었나 봐. (퇴장)

허수아비 : 철수는 바보야. 내가 사람이 된것도 모르고, 이젠 가보자. (허수아비가 기지개를 켜고 떠난다.)

무대가 어두워졌다 밝아진다.
허수아비는 농부의 집 앞에 와 있다.

허수아비 : 여기가 내가 서 있던 그 논 주인 집이야. 날 알아 볼까?

농부 : (등장하면서) 아이고 이놈의 세상 이리 살기가

어려워서 살 수가 있어야지.

허수아비 : 아저씨 왜 그러세요?

농부 : 아니, 이건. 우리 논에 세워 둔 허수아비를 닮았
   는데. 오라 옷이 없어서 우리 허수아비의 옷을 벗
   겨 입었구먼.

허수아비 : 아니요. 난….

농부 : 이 사람아 괜찮네. 나도 어렵게 살아서 자네에게
   옷을 줄 수가 없으니 할 말이 없네. 그 옷은 못입
   는 옷이라서 허수아비에게 입혔으니.

허수아비 : 그런데 왜 그렇게 한숨을 쉬세요.

농부 : 하도 답답해서 그러네. 자네같은 그런 차림으로
   는 나 같은 사람에게나 말하지만, 다른 사람에게
   는 말하지 말게.

허수아비 : 다른 사람에게 인사는 안하지요. 그런데 무
   슨 일이 그렇게 답답하십니까?

농부 : 자네에게 이야기 해 봐야 무슨 소용이 있겠나. 그
   러나 내 이야기 하지.

허수아비 : 혹시, 저에게 말하면 해결책이 있을지도 모
   르지요.

농부 : 해결책은 무슨 해결책, 이야기 하는 것으로 마음
   이 풀릴지 모르지.

허수아비 : 사람들의 마음에 답답한 일이 있으면 다른

　　　사람에게 말하고 나면 조금은 편해진다고 하
　　　던데요.

농부 : 그럼, 자네는 내 마음을 안다 그 말인가?

허수아비 : 누구보다 잘 알지요. 늘 한숨서린 이야기를
　　　들어 왔으니.

농부 : (허수아비를 한번 쳐다보고) 어쨌던 내 이야기를
　　　들어 보게. 아침에 아들이 학교에 가는데 이 추운
　　　날에 걸어서 갔지. 책을 사야 한다는데 책값도 못
　　　주었지. 그런데 그 책 몇권 값이 쌀 한가마니 값
　　　이 되니 더 걱정이고, 딸이 학교 대표로 무슨 대
　　　회에 나간다고 옷을 사달라는데, 그것도 몇만원
　　　가지고는 못산다고 하니 걱정이고, 아이들 엄마
　　　는 시골에서 떠나 도시로 가자고 하는데 안간다
　　　고 원망하고, 아이들 보기에 미안하고, 농산물 가
　　　격, 논값은 떨어지고, 다른 물가는 하늘로 올라가
　　　고, 그래도 땅을 딛고 사는 사람들이 땅에서 나는
　　　것을 먹고 살아야 건강하니 생명줄이 여기 있는
　　　데 별다른 수도 없고 너무 답답해서 여기 나왔네.

허수아비 : 말씀을 듣고 보니 걱정이 되고 염려가 되겠
　　　습니다. 해결책이 없을까요?

농부 : 그것을 내가 안다면 벌써 일이 일어났지. 내가 이
　　　렇게 답답해 하겠나. 술이나 한잔 했으면 해도 술

값도 없으니. (말을 다하지 못하고 고개를 숙이고 퇴장한다.)

허수아비 : 내가 돈이 있으면 술 값이라도 드리겠는데. (이곳 저곳 뒤져보나 손가락만 나온다.) 뭐가 있어야지, 참 안됐는데, 여름내내 그렇게 고생 하시더니. (하늘을 쳐다보며) 하나님, 이런 농민들은 어떻게 살아야 하지요? 그래도 사람의 생명줄이 여기 있다고 참고 있는 저 사람들을 도와주세요. 그것이 하나님께서 하실 일이 아닙니까?

무대가 어두워졌다 밝아진다. 무대는 읍내 조용한 골목길이다.

허수아비 : (등장하면서) 어휴, 혼났네. 정신이 하나도 없어. 왠 사람이 이렇게 많아? 차도 너무 많고, 그래도 여기는 조용한데, 좀 쉬어가야겠군. (무대 가운데에 앉아서 쉰다.)

영식이와 영식이 엄마 등장.

영식엄마 : 그래 반장도 못하니? 공부는 제일 잘하면서.

(허수아비가 그 자리에서 일어선다.)

영식 : 엄마, 공부 잘하면 되지, 반장은 왜 해요? 또 반장
을 아무나 하나요?

영식엄마 : 반장도 자격이 있니? 공부 잘하면 되지, 다른
조건이 있어?

영식 : 엄마, 난 반장이 싫어요. 보세요. 공부 잘하고, 건
강해서 운동도 잘하고, 친구도 많고, 잘 지내고.

영식엄마 : 그러니까, 반장이 되어야지.

영식 : 엄마는 뭘 몰라요. 반장을 할려면 엄마가 돈이 많
아야 하고, 선생님을 자주 찾아와야 하고, 부잣집
아들이여서 학급 어린이들 빵도 사주어야 하고,
또 내가 반장이 되면 다른 아이들은 뭘해요. 공부
도 일등 못하는데, 그리고 한달 반장은 별로고요.

영식엄마 : 그래, 네 말을 듣고 보니 난 반장엄마 못되겠
다. 넌 역시 내 아들이야. 어서가자. 일하고
돌아오신 아버지가 배고프시겠다. (둘이 퇴
장)

인수와 인수엄마 등장

인수엄마 : 참 잘했다. 반장이 됐으니.

인수 : 엄마, 반장은 내가 됐는데 왜 엄마가 기분좋아?

인수엄마 : 엄마가 좋지, 반장 된것은 다 내 덕이다. 널 반장 만들려고 들어 간 돈이 얼만데, 그리고 엄마가 친구들을 만나면 할말이 있지. 내 아들이 반장인데, 자랑해야지.

인수 : 엄마, 그 영식이 있잖아. 그 애가 반장 할려고 했으면 반장 했을텐데.

인수엄마 : 넌 항상 영식이, 영식이 그래, 무엇이 영식이만 못하니? 엄마가 못낫니? 돈이 없니? 이젠 반장이 됐으니 영식이도 잡아놔야지.

인수 : 난 영식이가 좋아요. 공부도 잘하고, 이번 반장 선거에도 영식이가 나서서 친구들에게 말해서 내가 반장된것인데, 또 영식이도 날 좋아하고.

인수엄마 : 넌 이상한 소리만 해. 반장 된것은 내가 힘썼기 때문이야. 그건 그래두고, 가자 학용품이나 사가지고 들어가야지. 공책은 일본에서 들어 온 것을 사자. 우리나라 공책은 안좋아, 연필깎기는 미국에서 온 것을 사줄께. 크레파스는 제일 비싼 것을 사자. 그래야 반장답지. 아마 몇만원 짜리 크레파스가 있다고 하던데.

인수 : 엄마, 과자도 사주세요. 미국에서 들어 온 것이 맛있다는데, 그것을 사줘요. 그리고 미국에서 들

어온 연필 많이 사주세요. 우리반 친구들 미제를
못써 봤데요. 그러니 하나씩 주어야지.

인수엄마 : 그래, 그래, 얼마든지 사주지 반장이 되었는
데.

인수 : 저녁도 맛있는 것으로 사주세요.

인수엄마 : 그래, 그러자. 어디가서 먹을까, 저기 저 음
식점이 제일 비쌀거야. 비싼 음식을 먹어야
맛있지.

인수 : 얼마인데요?

인수엄마 : 몇 만원 할꺼야.

인수 : 아빠는요? 엄마 전화해서 아빠도 오시라고 해요.

인수엄마 : 아빠는 집에서 밥을 먹든지 아니면 무엇을
먹겠지. 걱정말고 가자.

인수 : 그래요. 어서가요. (퇴장)

허수아비 : 참 별난 세상이다. 모두 나같은 허수아비는
눈에 보이지도 않나봐. 그런데 저런 사람들
이 많이 사니까 농민들은 한숨 쉬고 죽겠다
는 데 참 걱정이다. 걱정이여, 뭐 몇만원 짜
리 공책, 저녁을 몇만원 짜리로 먹고, 몇만원
짜리 밥을 먹으면 뭐 달라지나? 진짜 걱정되
네.

숙희 : (울면서 등장) 아이구 아파, (허수아비 옆으로 와

서 쪼그리고 앉는다.)

허수아비 : 넌 왜 우니?

숙희 : (허수아비를 쳐다본다.) 알 것 없어.

허수아비 : 이야기 해봐. 난 이야기 듣는 것이 좋아.

숙희 : 거지에게 무슨 이야기를 해. 어휴 냄새야. 더러
워. (좀 떨어져 앉는다.)

허수아비 : 난 깨끗한 데. 냄새도 안나고.

명자 : (등장하면서) 숙희야 여기서 무엇하니? 날 집으
로 오라고 했잖아.

숙희 : 집에서 쫓겨났어.

명자 : 집에서 쫓겨나? 왜?

숙희 : 오늘 집에 엄마 친구들이 많이 모였어. 무슨 계
모인다고.

명자 : 그런다고 집에서 쫓겨나다니.

숙희 : 모두 술을 먹고, 옷을 벗고, 춤을 추고, 화투놀이
하고, 모두 정신없이 놀아. 내가 있으면 놀기 어
렵다고 나가라고 해서. 안나간다고 했다가 매를
맞고 쫓겨났지 뭐.

명자 : 그럼, 우리집에 가자. 여기 보다 따뜻할거야.

숙희 : 너희 집에? (잠시 생각한다.) 너희 집에는 할머니
가 아파서 누워계시잖아?

명자 : 할머니는 괜찮아. 엄마도 아빠도 일하려고 나가

시고 할머니 혼자 계시니까.

숙희 : 난 너희 집에 가면 이상한 냄새가 나서 싫어.

명자 : 그럼, 여기 있어라. 난 널 생각해서 가자고 했지. 나도 너같은 부잣집 딸이 오는 것이 싫어. 지난번 우리집에 놀려고 왔다 가서 친구들에게 뭐라고 했지?

숙희 : 있는 그대로, 본 그대로 말했는데 뭐가 잘못이야!

명자 : 그래, 넌 잘났다. 잘난 넌 집에서 쫓겨났으니 여기서 거지하고 살아라. (퇴장)

허수아비 : 아이구, 하나님 여기도 하나님이 구원해 주셔야 할 아이가 있습니다. 부자면 친구도 이웃도 눈에 보이지 않는 죄인이 있습니다.

숙희 : 뭐라고! 참 별소리 다 듣겠네. 아무리 그래도 우리집에는 거지는 못들어오게 됐으니.

허수아비 : 난 거지지만, 너희 집에는 안가. 아픈 사람 냄새보다 더 지독한 돈 썩은 냄새가 날테니.

숙희 : 돈 썩은 냄새. 이상한 소리 다 듣겠네. 오늘 재수 없는 날이야. 엄마에게 매맞고, 거지에게 설교듣고, 에이 기분나빠. (허수아비를 발로 차고 퇴장한다.)

허수아비 : 날 발로 차, 그래봐라, 네 발이 아플걸. 그런데 하나님, 사람들은 모두 이렇게 살아갑니

까? 좋은 마음으로 좋은 일 하는 사람보다 나쁜 사람이 더 많은 것 같으니, 하나님은 무엇을 하고 계세요. 하나님, 이 땅에 오셔야겠습니다. 그래야 좋은 세상이 되겠습니다.

술취한 아저씨가 노래를 부르며 등장한다. 한 손에 술병을 들고, 허수아비를 보고.

아저씨 : 어-이 친구, 자 한잔 하자구.

허수아비 : 난 친구가 아닌데요. 그런데 이것은 무엇이지요?

아저씨 : 뭐긴 뭐야. 그냥 마시면 되는 술이야. 자, 마셔봐. 나 같이 하루벌어 하루 먹고 사는 사람은 술이 자식이고, 술이 마누라고, 친구지. 자 마셔. (허수아비에게 술을 먹인다.)

허수아비 : 난 술을 못 먹어요.

아저씨 : 이건 먹는게 아니고 마시는거야. 자, 그냥 마시면 된다구, 마시라구. (술병을 흔든다.) 아니 술이 없잖아. 술이 떨어지면 나도 떨어지는 데.

허수아비 : 아니 왠 술을 많이 마셨어요.

아저씨 : 술은 취하려고 마시는거야. 조금 마시면 취하지 않으니 많이 마셔야지. 그리구 (말 소리가

적어지더니 취해서 허수아비 곁에 누워 잠이
든다.)
허수아비 : 나도 기분이 이상해지는데. 날아 갈것 같기
도 하고 힘이 빠지는 것 같기도 하고.

교인 1, 2 등장

교인 1 : 오늘 저녁에는 기도가 참 잘됐어요. 기도문이
열렸나 봐요. 목사님 설교도 참 감명 깊었어요.
이웃을 사랑하라. 그래요, 우리가 먼저 사랑해
야 해요.
교인 2 : 그래요, 참 사랑은 우리 마음에서 시작해요. 또
오늘 집사님 기도하시는 것을 보니 기도 능력을
받은 것 같던데요.
허수아비 : 어 — 취해, 세상이 빙빙 도는것 같은데.
교인 1 : (깜짝 놀라며) 누구세요?
허수아비 : 내가 누구냐구요? 난 허수아비인데요.
교인 2 : 집사님, 이사람들 취했나 봐요. 그냥 가요, 어서
요.
교인 1 : 어휴, 요즘에는 아이나 어른이나 없이 술에 취
해서 정신이 없어. 난 술취한 사람이 제일 보기
싫어. 원수같은 술이 없어져야지.

교인 2 : 저기도 누워 있네요. 이 세상에서 술마귀를 몰
아내야해요. 어서 갑시다. 귀찮게 굴면 우리가
곤란해져요. (퇴장)

허수아비 : 기도는 왜 해? 이웃을 사랑해? 마음으로 사
랑해? 웃기지 마시요. 웃기지 말라구.

아저씨 : (잠꼬대 한다.) 여보, 철야기도 가면, 밥을 해
놓고 가야, 아침에 먹고 가지. (한참 후 손을 휘
저으며) 저녁도 안주고 아침도 굶고 일하러 가
란 말이야? (잠시 후) 뭐라고? 기도하러 못가
게 하면 마귀라고? 그래, 너 혼자 기도하고 복
많이 받고 천당 가거라. 난 술이나 마실테니.
(옆으로 돌아 누운다.)

허수아비 : 하나님, 무엇이 잘못 되었지요? 누가 나쁘지
요? 누가 잘못한 것이지요? 세상이 모두 돌
아버렸어요. 돌아버린 모든 사람 허수아비
동네 데리고 가서 새나 쫓으며 살라고 해야
겠어요.

아저씨 : (잠꼬대 하며 소리친다.) 야. 예수도 밥먹고 믿
어야지.

허수아비 : 하나님 죄송합니다. 저 사람되는 것 그만 두
겠습니다. 허수아비까지 정신이 돌겠어요.
숨이 멈출 것 같습니다. 내가 사는 허수아비

동네로 가서 시원한 바람 한그릇 마셨으면 좋겠어요. 하나님 사람 되는 것이 정말 싫어요.

철수 : (등장하면서) 아니 이 허수아비가 어떻게 여기까지 왔지? 누가 여기까지 끌고 왔을까? 허수아비야, 넌 여기 있으면 안돼. 여기는 허수아비가 살 곳이 아니야. 넌 논으로 가야해. 내가 데려다 줄께 가자. (술취한 사람을 보고) 여기도 허수아비가 있군. 한꺼번에 둘을 들고 갈 수 없고, 너 먼저 데려다 줄테니 가자. (철수와 허수아비 퇴장)

아저씨 : (뒤척거리며) 난 세상에서 술을 제일 잘 마시는 사람이라구. 난 술이 좋아. 술을 주라고, 술을.

서서히 불이 꺼지며 막이 내린다.

7. 귀한 선물

■ **때 :** 1993년 성탄절 새벽

■ **곳 :** 교회당

■ **나오는 사람 :**

선생님

하나, 병하, 세민, 영호, 희석,

미경, 미정, 현미, 복희, 은송

정아, 기순, (4학년 친구들)

✳ 연출자를 위하여

몇년전 성탄절 발표회에서 4학년 초등반이 발표했던 작품이다. 아기 예수님께 선물을 드린다면 어떤 선물이 좋을 까. 생각하고 대사 내용과, 연극의 전개과정을 함께 구성해서 발표했다.

어른들의 입장에서가 아니고 아이들의 생각 수준에서 나온 것이라. 미흡하고 어색한 것도 있으나, 성탄절 때 한번쯤 무대에 올릴 수 있는 작품이다.

선물을 돈의 가치로 따지는 현실에서 귀한 선물은 무엇일까? 작은 것이지만 필요한 물건, 거기에 마음을 다하고 정성을 담아주는 선물이 받는 사람의 마음을 평안하게 하고 주는 사람도 기쁨을 느낄 수 있을 것이다.

무대는 특별히 준비할 것은 없으나, 마리아와 요셉, 아기 예수님, 양떼는 하얀 종이나 베로 스크린을 만들고 모형을 만들어 불을 비치면 화면 위에 첫번 성탄의 광경을 연출할 수 있을 것입니다.

성탄에 선물을 받기만 하고 잊어버리기 쉬운 이웃이나, 예수님 앞에 가장 좋은 선물을 드리거나 줄 수 있는 마음을 갖도록 깨닫게 하는 좋은 극이 될 것이다.

어두운 무대에 밝은 불이 켜진다. 무대 중앙 뒤쪽에 그림자 극으로 마리아와 요셉 그리고 양떼가 있는 구유가 비쳐오고 구유에 누우신 아기 예수님이 보인다.

해설 : 한 옛날에 하나님이 선택한 아들, 세상을 구원할 구세주가 오실 것을 예언했다. 처녀가 아들을 낳을 것이니 그 이름을 임마누엘이라 하리라. 이는 곧 하나님이 우리와 함께 하심이라.

무대 뒤에서 밝고 경쾌한 아기소리가 들린다.

해설 : 이 아기는 유다에 작은 마을을 찾아 오신다는 예언의 말씀따라, 베들레헴 작은 동네에 찾아 오셨습니다. 그 아기는 한 손에 하나님의 능력을, 다른 한 손에는 하나님의 사랑을 가지고 세상을 구원하시려고 오셨습니다.

다시 아기 울음 소리가 들린다. 그리고 천천히 작아진다.

해설 : 이 아기의 울음소리를 들어봐요. 이 울음소리가 이천년을 지나 지금까지 들려옵니다. 이 울음소리를 듣는 사람은 모두 구원을 얻었습니다.

무대에 사람들의 웅성거리는 소리가 들리고 양의 울음소리가 들린다.

해설 : 동방에서 박사 세 사람이 찾아 왔습니다. 세상에서 제일 귀한 황금과 유향과 몰약을 예물로 드렸습니다. 그리고 경배 하였습니다. 우리도 경배합시다. 우리도 찬양합시다. 세상을 구원할 구세주를 보내주신 하나님을 찬양합시다.

무대에서 아이들의 찬양소리가 들린다. (성탄절 찬송)

해설 : 이제 우리도 아기 예수님을 만나요. 만나서 우리의 삶을 이야기 합시다. 우리에게 구원을 주신 주님께 가까이 갑시다.

무대가 어두워졌다 다시 밝아진다. 뒷쪽은 불이 꺼지고 앞쪽 무대를 밝게 한다. 우리 교회주일학교 4학년이 모여서 분반공부를 하고 있다.

선생님 : 여러분 내일이 무슨 날인지 아세요?
강하나 : 선생님, 내일이 무슨 날인지 모르는 사람은 하

나도 없어요.

선생님 : 그래요. 우리 모두 잘 알고 있지요. 다같이 큰
소리로 함께 외쳐 봐요.

다같이 : 성탄절이요―.

김병하 : 예수님의 생일이에요.

선생님 : 예수님이 세상에 무엇할려고 오셨을까요?

세민 : 선생님이 말씀하셨잖아요. 세상을 구원하시려고
오셨다고.

선생님 : 그래요. 내가 말했으면서 또 물어봤네요. 그런
데 아기 예수님을 찾아서 온 사람이 누구지요.

영호 : 밖에서 양을 치던 목자들이 찾아와서 경배했어
요.

희석 : 동방박사도 찾아왔어요. 예물도 드리고요.

선생님 : 모두 잘 알고 있는데, 그러면 우리는 어떻게 해
야 예수님을 만날 수 있을까요?

현미 : 선생님, 우리는 아기 예수님을 만날 수 없잖아요?

복희 : 아니야, 목사님이 설교 하실 때 말씀하셨잖아. 믿
음을 가지고 만날 수 있다고.

현미 : 믿음을 가지고 어떻게 만나! 예수님은 이천년 전
에 세상에 오셨는데,

선생님 : 현미야! 그리고 여러분, 이천년 전에 오신 예수
님을 만나는 길은 복희가 말하는 것과 같이 믿

음으로 만나야 하는 거야.

강하나 : 선생님 믿음으로 만나도 선물을 가지고 가야
하나요?

선생님 : 믿음으로 만나는 것은 믿음이 선물이지요. 좋
은 믿음을 예수님이 반겨 받으실 것입니다.

은송 : 선생님이 어제 이야기해 주신 꿈같은 이야기는
선물을 준비 해가지고 예수님께 드렸다고 했잖아
요.

선생님 : 그것은 이야기야.

은송 : 선생님, 예수님께서 믿음의 선물보다 다른 선물
을 드린다면 받으시겠지요?

선생님 : 받으시겠지.

정아 : 선생님, 내일 우리도 선물을 준비해 가지고 예수
님을 만나요.

세민 : 예수님을 어떻게 만나니? 아기 예수님은 없어.

선생님 : 아기 예수님이 어디 가셨을까?

세민 : 에이 선생님도, 아기 예수님이 커서 어른이 되셨
잖아요.

모두 : (웃음)

정아 : 그래도 예수님이 받으실 선물을 준비하자. 아기
예수님이시든 어른 예수님이시든 기뻐 받으실거
야.

선생님 : 그래요, 모두 좋은 선물을 준비해서 아기 예수
님을 만나자.

강하나 : 선생님, 선물을 준비해도 아기 예수님을 만날
수 없다고 했잖아요?

김병하 : 무식하기는 예수님은 네 마음에 계신다는데 네
마음에 선물을 주면 되잖아.

미경 : 병하말이 맞아! 내 마음에 드는 선물을 사서 내게
주면 되겠다.

현미 : 성경말씀에 가난한 이웃이나 불쌍한 친구, 병든
사람들을 위해서 예수님이 오셨다고 했으니, 그
사람들에게 주면 예수님께 드리는 것이 되겠는
데.

희석 : 내가 가난한 친구다. 내가 불쌍한 친구니 내게 선
물을 가져와라. 그러면 좋겠다.

기순 : 바보같은 소리 하지마.

병하 : 선생님, 하나님께 부탁해요. 하나님은 무엇이나
하실수 있다고 하셨는데. 하나님께서 우리를 이
천년 전으로 데리고 가면 되잖아요.

미정 : 하나님께서 아무 부탁이나 다 들어 주신다고 그
러던?

선생님 : 선물은 누가 받든지 예수님의 이름으로 전해주
면 그것이 예수님께 드리는 것이니 좋은 선물

　　　　을 준비해요.

아이들 : 예－.

선생님 : 다같이 노래하자. 탄일종, 시작.

아이들과 선생님이 탄일종을 부르면서 무대가 어두워진다. 무대가 밝아진다. 선생님의 손에 무선 전화기가 들려있다.

선생님 : 아이들을 모으려면 전화를 해야겠네. (전화기를 찾아서 손에 들고 아이들의 전화번호를 누른다.) 여보세요? 영호네 집이지요? 영호 좀 바꾸어 주세요. 지금 자고 있다고요. 그럼 깨워 주세요. (잠시) 영호니? 잠이 덜 깼구나. 그래도 내 말을 잘 들어라. 하나님께서 아주 멋진 타임머신을 보내셨다. 예수님께 드릴 선물을 준비해가지고 빨리 교회 뜰로 오너라. 늦으면 타임머신을 못탄다. 빨리 오너라.

선생님은 여기 저기 아이들에게 전화한다.

선생님 : 이제 다했나. 아니, 미경이 미정이에게 안했구나. (다시 전화를 한다.)

무대가 어두워졌다 밝아진다.
아이들이 선물을 안고 들어 온다.

선생님 : 모두 다 모였어요?

아이들 : 네 ―.

선생님 : 그럼 하나님께서 보내주신 타임머신을 타고 이
         천년전 베들레헴에 가자.

복희 : 선생님, 이천년 전으로 갔다가 다시 오지 못하면
        어떻게 해요?

은송 : 저도 걱정이예요.

강하나 : 못오면 예수님과 함께 사는 거지. 걱정하지마.
          거기서 살아도 괜찮을테니.

선생님 : 그런 걱정하지 말고 빨리 가자. 이천년 전 아기
         예수님이 탄생하신 그곳에 가서 동방박사처럼
         선물을 드리고 경배하자.

김녕하 : 선생님, 그럼 성경을 다시 기록해야 겠어요. 멀
          리 한국에서 선생님과 아이들이 와서 선물을
          드리고 경배했다고.

선생님 : 여기서 이러고 있다가 아기 예수님 못만나겠
         다. 어서 가자. (모두 퇴장)

무대가 어두워졌다 밝아진다. 처음의 무대로 무대가운데 예수님과 부모님이 있고 양떼가 있다.

선생님 : (아이들과 함께 등장) 여기야, 여기가 베들레헴이다. 조용히 하고 아기 예수님을 만나자.

미경 : 선생님, 유대 사람들이 우리를 보고 외계인이라 잡아가면 어떻게 하지요?

은송 : 여기는 사랑의 예수님이 계신곳이야. 세상을 위해 오신.

선생님 : 그래, 은송이 말이 맞다. 우리가 경배할려고 왔으니 괜찮을거야.

정아 : 선생님, 저 별이 예수님을 세상에 인도 하셨나봐요. (아이들이 모두 하늘을 본다.)

선생님 : 모두 선물을 준비해 왔으니 선물을 드리고 세상에 오신 하나님의 아들에게 경배드리자.

아이들이 하나씩 나가서 선물을 드린다.

정아 : 선생님이 새벽에 전화 하셔서 나오라고 해서 선물을 준비하지 못하고 왔으니 어떻게 하지요?

현미 : 저도 그래요. 선물을 낮에 가져 오기로 했는데.

선생님 : 너무 걱정말고 가지고 온 것 마음의 선물을 드

리면 되지.

강하나 : 예수님 죄송해요, 선물이 동방박사처럼 좋은
선물이 아니라서요. 하지만 예수님은 아직 아
기시죠. 왜 말씀안하세요? 우리 마음을 잘 안다
고요? 그래요. 하지만 쉬하시면 구유에 누워 계
시니 기분이 덜 좋으실거예요. 그래서 요즘 우
리나라에서 제일 유명한, 쉬해도 뽀송뽀송한,
하기스 기저귀를 가져 왔으니 안심하시고 기분
좋게 주무세요. 저는 강하나입니다. 꼭 기억해
주세요. (선물을 놓고 일어선다.)

영호 : 예수님, 저는요. 성경말씀이 너무 어려워요. 예수
님이 쉬운 말씀으로 기록해주셨으면 해서요. 연
필을 많이 가져왔어요. 사실 내가 산것은 아니예
요. 예수님의 생일이라고 어머님께서 사주신 것
이지만, 그리고 이 연필은 이천년이 지난 후에 것
이니 아껴쓰세요. 예수님의 말씀과 모든 것을 차
근차근 알기 쉽게 적어 주세요. 우리나라에서 알
아 주는 동아연필입니다. 마음에 드시지요. (선물
을 드린다.)

희석 : 예수님, 연필은 지금 필요하시지 않으시지요. 우
리나라 말에 금강산도 식후경이라 했어요. 어머
니 마리아께서 아프시거나 어디 가시면 큰일이지

요. 이곳에는 양이 많이 있다면서요? 양의 젖을 짜서 이 병에 담아서 빨아 보세요. 배도 부르고, 좋을 것입니다. 그리고 건강하세요. 꼭 마음에 드시는 선물이지요? (젖병을 드린다.)

미경 : 예수님 죄송해요. 예수님께 드릴 선물을 아침에 가서 살려고 했어요. 그런데 선생님께서 이 새벽에 나오라고 하잖아요. 빈 손으로 올 수 없고 그래서 내게 선물로 들어온 털모자를 가져왔어요. 지금 우리나라는 굉장히 춥거든요. 좀 클 것입니다. 우리 어머님이 사주신 것인데 어머니 사랑에다 내 정성을 더해서 드릴께요. 받아주세요. 감기 걸리지 마세요. 감기가 어떤 병인지 아세요? 참, 예수님은 어떤 병도 다 고치시지요. 예수님 받으시고 미경아 복 많이 받아라 하고 말씀해 주세요. (선물을 드리고 일어난다.)

미정 : 예수님, 세상에 오신 것을 축하해요. 저는 예수님께 드릴 선물을 인형을 가지고 왔어요. 가지고 와서 생각하니 이상해요. 남자는 인형 가지고 놀지 않으니,……. 인형이 필요 없으시지요. 예수님이 필요 없으시다면 제가 가져 갈께요. 이 인형이 내 마음에 꼭 드는 인형이거든요. 가져가도 되지요? 예수님 죄송해요. (인형을 가지고 나온다.)

현미 : 예수님, 선물을 드렸다가 다시 가져가는 사람이
맘에 드세요? 저는요, 성경책을 가져 왔어요. 우
리나라 말로 된 성경책 보셨어요. 네? 성경책이
무엇이냐고요? 예수님 아직 모르세요? 하나님 말
씀, 예수님 말씀이 기록된 책입니다. 예수님은 천
국 말을 쓰시겠지만, 우리나라 말도 잘 읽을 수
있을 것입니다. 잘 보시고 능력있는 말씀을 전해
주세요. 미리 아시라고 가져 왔으니 꼭 읽어 보세
요. (선물을 드리고 일어서서 나온다.)

복희 : 예수님 저는 복희라고 해요. 동생하고 둘이서 살
아요. 엄마도 아빠도 하나님께서 부르셔서 천국
에 가셨고요, 우리 둘이만 살아요. 저는 드릴 것
이 없어요. 무엇을 드리지요? 저는 예수님께 부탁
드리려고 왔어요. 예수님 세상에서 실망하지 않
고 정직하고 바르게 살아 가게 도와 주세요. 예수
님만 계시면 저는 행복해질 것 같습니다. 항상 제
곁에 계셔서 동생과 저를 지켜 주세요. 지켜 주실
것을 믿고 이 작은 꽃을 드릴께요. 어제 밤에 만
들었어요. 향기는 없지만 예수님이 향기를 부어
주세요. (꽃을 드리고 일어선다.)

은송 : 예수님 축하합니다. 그런데 꼭 축하를 해야 하나
요? 예수님은 하늘 보좌를 버리시고, 세상에 사는

우리를 죄에서 구하시려고 오셨잖아요. 십자가에 죽으시려고 오셨는데, 예수님, 저는 따뜻한 목수건을 가져 왔어요. 어머님께서 손으로 뜨신 것인데 참 따뜻해요. 예수님이 다음에 목에 두르시면 참 따뜻할 것입니다. 이 목수건 볼 때마다 은송이를 기억해 주세요. (선물을 두고 일어선다.)

정아 : 예수님, 저는 예수님을 너무 사랑해요. 그래서 예수님께 드리려고 편지를 써 두었는데 만났으니 읽어 드릴께요. 정아가 얼마나 예수님을 사랑하는지 기억해 주세요. (한두번 헛기침을 하고 편지를 읽는다. 편지 내용은 정아역을 맡은 어린이가 직접 쓰는 것이 좋을 것이다.)

기순 : 예수님, 저는 감기에 잘 걸려요. 동네에 감기가 오면 제가 제일 먼저 아파요. 그래서 아빠가 마스크를 잘 사주시지요. 이 마스크는 대학 다니는 오빠가 데모할 때 썼던 것인데 참 좋은 거래요. 깨끗히 빨아 왔으니 최류탄 냄새는 안날 것입니다. 감기 걸리지 않도록 꼭 쓰셔요. 그래야 하나님의 나라를 위하여 큰 일을 할 수 있을 것입니다. 꼭 쓰세요. (선물을 두고 일어선다.)

세민 : 자, 물러나세요. 제일 큰 선물이 들어 갑니다. (먼저 나서며) 예수님 제가 먼저 드릴께요.

병하 : 예수님, 아주 예쁘고 아주 따뜻한 털옷입니다. 일
　　　어나셔서 한번 입어 보세요. 멀고 먼 훗날, 멀고
　　　먼 나라에서 온 옷입니다. 마음에 드실테니 한번
　　　입어 보세요. (선물을 두고 일어난다.)

세민 : 난 가죽잠바입니다. 이 옷을 입고 눈속에 딩굴어
　　　도 춥지 않다고 아버지가 사 주신 옷인데요, 좀
　　　크지만 입어 보세요.

병하 : 그렇게 큰 옷을 가져와서 꼭 맞는다고? 이 털옷이
　　　잘 맞을 것입니다. 입어보세요.

세민 : 예수님 항상 아기는 아니시죠. 조금 지나면 우리
　　　처럼 크시겠지요. 그때 입으세요. 그때는 꼭 맞을
　　　겁니다. (선물을 두고 일어선다.)

선생님 : 모두 일어나요. 갈 시간이 다 됐어요. 늦으면
　　　　돌아 갈 수 없어요.

정아 : 선생님, 우리가 타고 온 타임머신이 신데렐라의
　　　마차와 같다고 생각하시나봐. 시간재촉을 그렇게
　　　하시니.

선생님 : 자, 예수님 주무시도록 찬송을 부르고 떠나자.

　　고요한 밤 거룩한 밤을 부른다.

선생님 : 자, 가자 시간이 넘으면 영원히 돌아가지 못한

다. (퇴장)
아이들 : (모두 퇴장)

무대가 천천히 어두워진다.

8. 가룟사람 유다의 증언
(청 · 장년을 위한 마당극)

■ 나오는 사람

- 첫째마당

  연출자, 제사장, 율법학자, 바리세인, 유다, 친구, 마리아.

- 둘째마당

  친구, 유다, 베드로, 도마, 요한.

- 셋째마당

  목사, 장로, 여신도, 유다, 친구, 연출자, 관객 1, 관객 2.

✳ 연출자를 위하여

예수님을 은 30에 팔고서 배반자로 우리 머리속에 남아 있는 가룟 사람 유다를 통하여 오늘에 사는 우리의 신앙을 점검하려는 것이다. 남의 눈에 있는 티는 보면서 자신의 눈에 있는 들보는 보지 못하는 우리에게 가룟사람 유다는 바로 우리 자신들이라는 마음을 갖게하고, 회개를 촉구하는 것이다.

이 극본은 마당극이다. 옛날 부잣집 마당에서나 동네 공터에서 마을 사람들에게 웃음과 사랑을 전하면서 잘못된 것들을 분명히 지적하여 좋은 것을 좋게보고, 나쁜 것을 분명 나쁘다고 말할 수 있게하는 우리 조상들의 슬기로움의 한판이 열리는 극이 마당극이다. 웃음이 있으면서 채찍을 들었던 우리 민족의 멋을 생각하면서 관객과 함께 하면서 웃고, 웃으면서 회개를 촉구하는 메시지를 담고 있다.

마당극은 무대가 따로 없다. 바로 관중과 함께 하는 그곳이 무대다. 교회의 마당에서 불을 밝히면서 할 수 있고, 교회안에서도 멋진 공연을 할 수 있다. 중요한 것은 관객과 함께 한다는 것이다. 무대를 꾸미는 것보다. 등장 인물을 통해서 그시대로 끌고 가는 것이다. 분장을 통해서 전달되어야 하고, 가룟유다는 그 나름대로 특성을 살려서 공연해야 한다.

시작 할 때 사물놀이, 또는 독창을 통해서 시선을 모우고, 마음을 모아서 하나되게 하고, 등장인물을 모두 소개함으로 시작하는 것이 좋겠고, 관객의 야유, 동정, 한숨등을 받아드려 모두가 출연자인 것을 느끼게 해야한다. 끝나면 뒷풀이로 모두가 손을 잡고 성가를 부르면서, 자신들을 정리할 수 있는 확실한 시간을 주어야 한다.

가룟사람 유다의 증언은 고난절에나 부활절에 또는 성탄절에 고등학생 이상 장년이 참여하여 공연했으면 좋겠다.

출연자는 관객과 같이 앉아 있다. 자기 차례에 등장하면 된다. 1인 3역을 할 수도 있고 유다를 3명으로 할 수 있다. 인물은 특색을 잘 살려서 분장을 하고, 관객도 되고 출연자도 되어야 한다. 유다를 3명으로 할 때 관객이 알아 볼수 있는 분장, 옷, 아니면 유다라는 커다란 명찰이라도 준비하는 것이 좋다.

첫째마당

사물놀이나 성가 행진곡에 맞추어 등장인물 모두 나와 춤을 추며 인사를 드린다. 인사는 자기의 독특한 방법으로 드리면서 자기 소개를 간단히 한다.

연출자 : 여러분 안녕하십니까? (대답이 적으면 다시 한 번 인사한다.) 여러분. (크게) 안녕하십니까? (관객 모두 예—, 대답한다.) 오늘 여기 오신 분들은 참 복이 많으신 분들입니다. 오늘 저희 학생회에서 가룟사람 유다를 이 마당극에서 자랑 할려고 합니다. 보시고 모두 자기의 소감을 말씀해 주시기 바랍니다. 하나님께서 유다를 선택하셔서 일하게 하시고, 유다의 삶을 통해서 교훈을 주셨습니다. 이 교훈을 찾고 하나님의 뜻을 알아보려고 합니다. 많은 박수와 말씀

을 주시기 바랍니다. 감사합니다. (다시 인사한
다.)

제사장 : (나오면서) 잔소리 그만하고 어서 들어가서 자
리에 앉아요. 왠 말이 많아요? 당신은 연출자이
지 등장인물은 아니잖아.

연출자 : 그래, 알았어. 들어가면 되는거지. 아―, 밀지
마, 들어갈테니. (자리에 앉는다)

제사장 : 가룟유다, 어서 나와! (조용하다.) 아 안나올거
여?

유다 : (나오면서) 누가 유다여?

제사장 : 네가 유다지 누군 누구여.

유다 : 난 ○○○여 (자기 본명을 말한다.)

제사장 : 이 마당극을 시작할 때 네가 유다 한다고 큰 소
리치며 지원했잖아.

유다 : 내가? 언제?

제사장 : 네가, 처음 시작 할 때.

유다 : 참 정신 빙빙도는 소리하네. 아, 내가 언제 그랬
어?

제사장 : 이 친구 웃기고 있어, 왜 무엇이 무서우냐. 니
가 유다한다고 큰 소리치고 이제 꼬리내려.

유다 : 그 때는 연습한다고 해서 내가 한다고 했지.

제사장 : 연습했으니 실제 해야지. 오늘은 무섭니?

유다 : (관객을 가르키며) 이렇게 눈이 많고, 모두 무서운 눈으로 보고 있는데 잘못하면 맞아 죽게 생겼어.

제사장 : 때리면 맞아야지. 그렇다고 시작한 이 마당극 그만 할 수 없잖아. 자, 시작해.

유다 : (죽어가는 소리로) 알ー았어.

제사장 : (앉으려다 돌아서서) 또 반말해?(때리려고 한다.)

유다 : (큰소리로)요,(제사장이 자리에 앉는다.) 참, 더러워서 지가 나보다 잘난 것이 무엇이여. 한살 더 먹고, 제사장 한다고 반말하지 마라 큰 소리치고. (관객을 한번 돌아보고) 아니, 그런데 이 친구 왜 안와.

친구 : (나오며) 오래 기다렸나?

유다 : 자네는 항상 나를 기다리게 하잖아. 빨리 빨리 다니고 시간 약속을 잘 지키라고.

친구 : 시계가 있어야 시간을 잘 지키지.

제사장 : 시계차고 있으면서 시간을 몰라. 시계는 멋으로 차고 다니나.

친구 : 요즘 얘기 하지 말어. 우리는 예수님이 계실때 연극을 하는 거야.

유다 : 그렇군, 그런데 예수님 만나봤어? 정말 소문대로

여? 앉은뱅이가 일어나고, 소경이 눈을 뜨고, 절름발이가 바르게 걸어 다니고 그래?

친구 : 그래, 그 분이야말로 하나님의 아들이셔. 그 분이 사랑의 하나님이셔.

유다 : 정말이지?

친구 : 정말이야. 내가 언제 거짓말 하는 것 봤어?

유다 : 넌 학교에 가면 거짓말 잘 하잖아.

친구 : 여기서 왜 학교 이야기가 나와.

유다 : 또 실수, (심각한 얼굴로) 걱정이 하나 있는데.

친구 : 무슨 걱정이야.

유다 : 예수님을 만나야겠는데 나를 만나주실까?

친구 : 물론, 만나주실거야. 만나서 확실히 보고 확실히 믿고, 확실하게 은혜 받으라고.

유다 : 그래, 확실하게 만나보려고 가야지. 확실하게. (유다, 자리에 앉는다.)

친구 : 유다는 항상 바쁘지, 성질대로 살아. 독립운동 한다고 돌아다니더니, 어디서 예수의 소문을 들었는지, 예수님에 대하여 뒷조사 해보라고, 지가 무슨, 뭐라고.

유다 : (나온다) 굉장하던데.

친구 : 왜 다시 왔어?

유다 : 다시 오다니, 벌써 며칠이 지났는데.

친구 : 방금 나갔잖아?

유다 : 그래, 지금 나갔다 지금 왔어도 며칠이 지난거야.

친구 : 참 별난 친구군. 금방 나갔다 오면서 며칠이 지났
　　　다고?

유다 : 하루가 천년같고, 천년이 하루 같다는 성경말씀
　　　못들었어. 그러면 잠시라도 며칠이 될 수 있지.

친구 : 둘러 부치기는. 그래, 예수님은 만나 봤어?

유다 : 만났지. 예수님께서 날 보시고 제자로 부르셨어.

친구 : 널 제자로 불러?

유다 : 그래, 그건 확실해.

친구 : 이상하다. 나도 제자로 안 불러주셨는데, 널 불
　　　러. 정말 이상해. 넌 나보다 잘난게 하나도 없는
　　　데.

유다 : 너보다 못났으니 불러 주셨지. 잘났으면 불러 주
　　　셨겠어?

친구 : 그건 그래. 그 분이 예수님이니까.

　　친구와 유다는 자리에 앉고 마리아 나온다.

마리아 : 난 정말 행복한 사람이야. 예수님을 정말 사랑
　　　　해. 정말 사랑해. (유다 나온다. 뒤에 서서 듣고
　　　　있다가)

유다 : 뭐? 뭐라고? 난 행복해? 또 뭐라고? 사랑해? 뭘
　　　사랑해. 누굴 사랑해. 너 미쳤니? 예수님이 너같
　　　은 여자를 사랑할 것 같아?

마리아 : 난, 예수님을 사랑해요. 예수님도 날 사랑해 주
　　　실거야. 난 그것을 믿어.

유다 : 착각은 자유라고 하지만, 자유치고 너무 큰 자유
　　　다. 그래서 그 비싼 향유를 예수님의 발에 붓고
　　　염치도 없이 머리를 풀어서 씻었어?

마리아 : 사랑해 보지 않은 사람은 사랑을 받을 수 없어
　　　요. 난 예수님을 사랑하기 때문에 예수님의 마
　　　음을 잘 알아.

유다 : 잘 논다. 미쳐도 확실히 미쳤군. 그 향유를 팔아
　　　서 가난한 사람에게 주었으면 더 좋았을 것을.

마리아 : 똑똑한 유다나 그렇게 해라.

유다 : 뭐 − 해라.

마리아 : 난 예수님을 사랑해. (노래를 부른다.) 사랑해
　　　예수님을 사랑해 예수님을 정말로 사랑해. (자
　　　리에 앉는다.)

유다 : 미쳤군. (사이) 확실하게.

친구 : (나오면서) 또 뱃속이 비었나. 먹을 것을 찾고 있
　　　군. 그 뱃속을 채워 줄까?

유다 : 내 뱃속을 채워? 그래, 뭐 맛있는 것을 사줄 것인

가? 오무라이스? 돈까스?

친구 : 먹을 것은 되게 밝히는군. 요즘에 오무라이스, 돈
　　　까스가 어디 있어.

유다 : 그럼, 무엇으로 배를 채워?

친구 : 그 뱃속은 돈으로 채워야지. 자넨 돈이면 무엇이
　　　나 다 이룰수 있다고 생각하잖아?

유다 : 돈? 좋지. 세상에 돈 싫어 하는 사람이 있으면 나
　　　와 보라고 해. (관중을 향해) 나와 보시라니까
　　　요?.

친구 : 큰 소리 치지마. 그래도 세상에는 돈이 필요없는
　　　사람도 있으니.

유다 : 무식한 말씀, 아이 낳을 때 안나오면 돈을 보여주
　　　면 나온다는데.

친구 : 그런 구질구질한 소리 그만 두고 제사장이나 만
　　　나보게. 자넬 만나고 싶어하니.

유다 : 제사장이 무엇때문에?

친구 : 내가 알 수 있나.

　　진구와 유다는 자리에 앉고, 율법학자, 바리세인, 제사장
이 나온다.

제사장 : 예수를 잡기는 잡아야 하는데 잡을 수 있는 방

법이 무엇일까?

율법학자 : 지난번에 예루살렘에서 성전을 보고, 40년이
나 지은 성전을 헐라 그러면 삼일만에 짓겠
다고 했다는데, 하나님을 모독했는데 잡아오
면 되지.

제사장 : 그 제자중에 한사람을 돈으로 사서 하나님의
모독죄에 대한 증언을 하게 합시다.

바리세인 : 그게 좋은 방법이요.

제사장 : 그 제자중에서 돈을 좋아하는 친구를 오라고
했는데.

율법학자 : 많은 돈을 요구하지 않을까?

바리세인 : 돈이야 걱정없지, 제사장이 있으니.

제사장 : 내가 돈이 있나?

바리세인 : 성전에 있는 돈은 다 제사장이 쓰는 돈 아니
요. 돈과 돈을 바꾸어서 돈 벌고, 염소와 양
을 팔아서 돈 벌고, 뇌물 받아서 돈 벌고.

제사장 : 그 돈이야. (유다 나온다.)

유다 : 제사장, 날 만나자고 했다면서요?

제사장 : 별로 기분이 좋지 않은 모양인데 무슨 일이 있
었나?

유다 : 돈 냄새가 나는 제사장과 만나려면 코를 막고 오
든지 아니면 인상을 써야하지요.

제사장 : 왜?

유다 : 제사장에게서 돈 썩은 냄새가 나니까.

제사장 : (곤욕스런 표정으로) 유다, 인사나 하게. 율법
　　　　학자와 바리세인이요.

유다 : 나 ○○○요. (자기 본명을 말한다.)

제사장 : 누가 니 이름 모른데. 가롯사람 유다라고 소개
　　　　해야지.

유다 : 그럼 제사장이 소개했으니 그걸로 합시다.

율법학자 : 난 율법학자요.

유다 : 잘 알고 있소. 그 얼굴 표정, 걸어다니는 폼에서
　　　　느끼겠소. 당신은 바리세인이고, 거룩하시고 하
　　　　나님보다 높으신 분들이 왠일이지요? 날 불러서
　　　　무엇에 쓸려고. (표정을 보고) 아—, 알겠어요.
　　　　잘 알겠어요.

제사장 : 무엇을 안다고 큰 소리쳐.

유다 : 아니요, 나도 혼자하는 말이요.
　　　　(유다가 고개를 끄덕이고, 혼자 대답하고 둘러보
　　　　고) 무엇이나 다 알지요.

율법학자 : 다 안다고 하니 말하기 훨씬 좋군. 다름이 아
　　　　니라 예수를 잡고 싶은데 우리에게 협조해
　　　　줄 수 없소?

유다 : 협조라? 협조 해드리지요. 어느 분들의 말씀이라

고, 하지만 값이 좀 비쌀텐데.

바리세인 : 값을 말해 보시요. 홍정해서 안되는 것이 없
지.

유다 : 제사장 당신은 얼마나 생각하고 있소.

제사장 : 글쎄, 돈이라면 얼마든지 있으니 당신이 말해
보시요?

유다 : 그럼, 시원하게 내가 말해 버리지. 귀를 씻고 확
실하게 들어요. 은 30을 주시요.

제사장 : 은 30~?

유다 : 왜 놀라요. 너무 비싸요?

제사장 : 아니요. 그 정도야.

바리세인 : 기왕 선생을 팔아 돈을 벌려면 은 300이나 달
래지 겨우 은 30에 선생을 팔아요? 째째한 사
람이군.

유다 : 뭐라고 하셨소?

바리세인 : 아니요. 나 혼자 하는 말이요.

율법학자 : 저렇게 배짱없는 친구가 무슨 큰 일을 한다
고, 그러니까 선생이나 팔지.

유다 : 뭐라고요?

율법학자 : 아니요. 나도 나 혼자하는 말이요.

유다 : 혼자 말하는 것 좋아하네. 혼자 중얼거리기는 정
신병자 처럼.

율법학자 : 뭐라고요?

제사장 : 그런 소리 그만두고 예수를 어떻게 넘겨 주겠
소?

유다 : 그런 일은 간단하지요. 오늘밤에 겟세마네 동산
에 기도하려고 가실거요. 거기는 보는 사람도 없
고 말릴 사람도 없으니 잡기 쉬울거요.

제사장 : 어떻게 겟세마네 동산에 기도하려고 가는지 알
았지?

유다 : 그거야 성경에 그렇게 기록됐으니 알지.

바리세인 : 잘 났다. 똑똑하다. 그런데, 어떻게 예수인지
알 수 있지?

유다 : 그거야 내가 입을 맞추지.

율법자 : 남자끼리 입을 맞춰? 예수가 여자인가?

유다 : 집에 가서 복음서를 읽어봐. 성경에 그렇게 기록
됐으니 할 수 없어 그렇게 해야지.

제사장 : 그럼 됐네. 자네가 은 30에 예수를 우리에게 판
거야?

유다 : 다음에 물러주라고 하지 마시요. 난 물러주지 않
을테니.

제사장 : 자네나 후회하지 말게.

모두 자리에 앉고 불빛은 가운데 무대만 비친다. 한복으

로 저고리 바지를 입은 예수가 통나무 십자가를 지고 지나
간다. 영문밖의 길을 찬양하는 음악이 들린다. 서서히 불빛
이 약해진다.

둘째마당
빛이 차차 밝아지면서 친구가 나온다.

친구 : 할 말은 많고 시간은 없고 해서 가룟유다의 행적
      중에서 두가지만 소개해 드리겠습니다. 그는 선
      생님을 팔고도 늘 큰소리 치고 다닙니다. 유다의
      마음을 이해할 수 있어야 합니다. 그래야 가룟사
      람 유다를 알 수 있으니까요. 자 그럼 계속해서
      보겠습니다. 유다 빨리 나와서 모습을 보여주라
      고.
유다 : (새끼줄을 목에 걸고 나온다.) 자살을 할려고 해
      도 죽기가 서러워, 난 잘못한 일이 없는데 여러
      분, 내가 무슨 큰 죄를 지었지요? (관객의 반응을
      보고)
친구 : 이 사람아 선생을 팔고도 잘못한 것이 없다고 소
      리치면 누가 이해나 하고 동정이나 하나. 그래도
      그 입만 살아서 할 말 못할 말 하고 다니는데 할
      말 있으면 해보라고.

유다 : 알았어, 나도 할 말 있다고. (새끼줄을 벗어서 팽
  개치고) 가룟유다는 죽었지만 나는 왜 죽어, 할
  말을 해야지.

  베드로가 나온다.

베드로 : 유다, 잘 만났네.
유다 : 날 만나고 싶어서 여기까지 왔나?
베드로 : 그래 자네를 찾아다녔지.
유다 : 내게 뭐 줄 것이라도 있나?
베드로 : 또 무엇을 더 먹고 싶은가 선생님을 배신했으
  면 됐지. 자네 때문에 선생님이 십자가를 지셨
  네.
유다 : 나 때문에 십자가를 지셨다고? 참 무식한 소리 하
  고 있구먼.
베드로 : 무식한 소리라니. 그럼 선생님께서 십자가 지
  심이 자네 때문이지 누구 때문인가?
유다 : 한번 물어보세. (관중들에게 묻는다.) 여러분 예
  수님이 무엇 때문에 십자가 지셨어요? (관중의
  대답이 작으면 한번 더 묻는다.)
관중 : 우리 죄 때문에 십자가 지셨습니다.
유다 : 거 봐. 확실히 들었어? 왜 나 때문이야? 대답해

봐.

베드로 : 그래도 난 선생님을 팔지는 않아.

유다 : 맞는 말씀이야. 선생님을 팔지 않겠지. 그러나 가이사라 빌립보에서 뭐라고 고백했나?

베드로 : 가이사라 빕립보서? 그래 난 이렇게 고백했지. 주는 그리스도시요 하나님의 아들이라고.

유다 : 그렇게 고백한 것을 기억하고 있으니 다행이야. 또 예수님 앞에서 뭐라고 했나. 주님과 함께 죽을 지언정 도망을 가지 않겠다고 했지?

베드로 : 그렇게 대답했지.

유다 : 그런데 빌라도의 뜰에서 자네는 뭐라고 했나? 자네는 할 일을 다했나. 생각해 보게.

베드로 : 빌라도의 뜰? (부끄러워 고개를 숙인다.)

유다 : 말하기 어렵지. 그 말을 다시 한번 해 보게.

베드로 : 그 때는 무서웠지. 그 빌라도의 권력이.

유다 : 내가 대신 말하지. 뭐, 저주하고 맹세하면서, 난 선생님을 모른다고. 그 사람을 모른다고 말하고서 이제와서 나에게 배신자라고?

베드로 : 그래, 나도 자네보다 잘난 사람은 아니네. 그렇지만 물질에 눈이 어두워 선생님을 팔지는 않아.

유다 : 말 잘했네. 모두가 날 돈 때문에 선생을 팔아버린

못된 놈이라고 말하지. 요즘 사람들도 그렇게 말하지. 하지만 내가 물질에 눈이 뒤집혔으면 은 300이나 받지 왜 은 30을 받았겠나. 그리고 자네는 돈이 싫은가. (관중석을 둘러보고) 여러분 돈이 싫으세요? 나도 돈을 좋아하는 사람이야. 그러나 나는 돈보다 이 민족이 로마의 학정에서 해방되는 것을 더 원하고 바라지. 난 예수님이 우리 민족을 해방 시키실 오직 한분 해방자로 믿었네.

베드로 : 그런데 그 믿음을 어디다 팔아 넘겼나.

유다 : 그런데 사랑만 말씀하시고 이 민족과 나라를 잊으셨네. 병을 고쳐주셨지만, 이스라엘을 고쳐주지 않았네. 귀신을 내 쫓았지만 로마를 내 쫓진 안았네. 예수님을 빌라도의 손에 넘기면 예수님은 그 능력으로 이스라엘을 해방 시킬 줄 알았지. 이스라엘을 구하기 위하여 선생님을 판것이네. 잡히시면 꼭 싸울 것이라 믿었지.

베드로 : 열린 입이라 할 말은 다 하는군. 아무리 변명해도 탐욕으로 선생님을 판거야. 이것은 변명의 여지가 없어.

유다 : 좋다. 탐욕으로 팔았다. 그러면 너와 내가 다른 것이 무엇이냐?

베드로 : 다 같다고 해도 틀린점이 하나 있다. 나는 회개
　　　　 하고 내 생명을 예수님께 바쳤지만, 넌 후회하
　　　　 고 죽음의 길을 선택했다.

유다 : 넌 아직도 모르는 것이 너무 많아. 난 예수님을
　　　 믿었어. 너희들 보다 더 큰 믿음으로. 기대가 크
　　　 면 실망도 크지. 큰 기대 속에서 일하신 예수님에
　　　 대하여 그 기대가 무너질 때 죽음말고 다른 길을
　　　 선택할 수 있겠나?

베드로 : 그래서 죽었나. 목을 매서?

유다 : 내가 죽어? 난 이렇게 살았는데.

베드로 : 정신차려, 넌 가룟유다야. (자리에 앉고, 도마
　　　　 가 나온다.)

도마 : 베드로에게 큰 소리치는 유다. 넌 역시 얼굴에 철
　　　 판을 깔아놓은 뻔뻔한 친구였어. 양심에 조금도
　　　 잘못을 생각하지 못하나?

유다 : 양심? 잘못을 느껴? 그래 양심은 도박판에서 고
　　　 스톱 칠 때나 찾는 것이지, 여기서 찾는 소리는
　　　 아니야.

도마 : 역시 빠르군. 돈을 계산하고 돈에 머리가 빨리 돌
　　　 아가는 것은 이 세상에서 자네를 따라 올 사람이
　　　 없을거야.

유다 : 말을 하다보니 또 그렇게 되나. 하지만 난 자네처

럼 의심은 하지 않아. 내 믿음은 항상 절대적이고 확고하지.

도마 : 자네 말처럼 난 의심이 많은 사람이야. 그래서 손과 발 옆구리에 손을 넣고 만져보고서 믿는 사람이야. 그러나 자네처럼 선생님을 파는 행동은 인정받을 수 없고, 많은 사람이 동정할 수도 없는 행동이야.

우다 : 난 예수님의 능력을 의심해 본적이 없네. 예수님은 이스라엘의 왕이 되실 분이였네. 능력의 왕권을 가지시고, 우리 민족을 다윗과 솔로몬의 영광을 찾아 주실 분으로 믿었네. 또 이사야가 예언한 그대로 세계 모든 나라가 조공을 바치며 살려달라고 부탁할 그런 왕권을 가지신 하나님의 아들로 믿었지.

도마 : 그렇게 믿고 따르던 선생님을 어떻게 배반할 수 있었나?

우다 : 난 자네들이 믿는 믿음보다 훨씬 더 높은 믿음이지. 난 고난과 어려움을 당하실 그 상황에서 하늘의 권능을 행하실 것이라 믿었네. 십자가 위에서 뛰어 내려오실 것이라 확신했네. 또 하늘의 천군 천사를 동원하여 잘못된 세상을 깨끗이 청소하실 것이라 믿고 확신했네.

도마 : 선생님이 팔려서 고난 받으시면 능력을 나타내실
      것이라 믿고 그 확신에서 팔았다는 말이군.

유다 : 그렇지. 잘 이해하는군.

도마 : 하나님의 권세도 좋고, 하나님의 능력도 좋아. 예
      수님의 그 능력을 믿는 것도 좋아. 그렇지만 그것
      은 핑계야. 자네 마음속에 악마가 들어가서 자네
      를 사로잡아 겉모습은 그대로 두고 속사람을 마
      음대로 조정하여 악마의 제자로 만들어 버린거
      야. 예수님이 어찌하여 자네를 제자로 선택했는
      지 알 수가 없어. 사람은 사람다워야 사람일세.
      어떤 이유에서든지 선생을 배신하는 행위는 용서
      받을 수 없어, 난 도대체 뭐가 뭔지?

유다 : 나도 알 수 없어? 예수님이 왜 날 제자로 삼으셨
      는지.

도마 : 난 가겠네. 자네 마음에 가득찬 악마가 내게 오기
      전에, 전염되기 전에 난 가겠네. 난 악마가 싫어.
      (자리에 앉는다.)

요한 : (근심스런 얼굴로 무엇을 찾고 있다. 그러면서 나
      온다.) 어디에 있지? 어디에다 잃어버렸지?

유다 : 이 사람아 무엇을 잃어버렸나? 무엇을 찾고 있
      나?

요한 : 가룟사람, 유다의 마음, 선생님도, 이웃의 친구들

도 모르는 그 마음. 원래 인간의 마음을 잃어버린 그 마음을 찾고 있는 거야.

유다 : 내 마음을 찾아? 난 마음을 잃어버리지 않았는데. 내 마음은 내게 있어.

요한 : 자네 마음이 자네에게 있다면 어찌하여 선생님을 팔 생각을 했나?

유다 : 내 마음은 나 밖에 몰라. 모두 내 마음을 몰라. 아마 하늘에 계신 하나님은 알아주실거야.

요한 : 뭐야? 하나님이 마음을 알아주신다고? (가소롭다는 듯이 웃는다.)

유다 : 웃지 말게. 이 사람아. 내 생명을 세상에 보내신 분이 하나님이시네. 사람마다 다 그러듯이 나도 세상에 올 때 내가 해야 할 일을 가지고 온거야. 그 일중에서 선생님을 팔아야 하는 그 어려운 일을 내가 맡은 것뿐이지. 그것을 세상 모든 사람은 욕하고 배반자라고 하니.

요한 : 이 사람 억지소리 하는 것은 천부적으로 타고 났구면. 세상에 태어날 때 세상 모든 사람들은 선한 마음을 가지고 세상에 오지만 악마가 그 선한 마음을 악하게 만들어 배반하게 하고, 팔기도 하고, 사기도 하고.

유다 : 어찌했던지. 난 하나님이 시키는 일을 했을 뿐이

야. 그런데 왜 날 미워하고, 못된 것을 보듯이 날
멀리하려고 하니, 일을 시키신 하나님은 뭐라고
말하실까? 참 궁금하고 알고 싶은데.

요한 : 한심하군. 끝까지 잘했다고 자기 변명하는 자네,
역시 똑똑하군. 회개하게 이 사람아!

유다 : 회개해야 할 사람은 자네야. 난 내 삶을 열심히
살았어. 피하지 않고, 진실하게 그러나 자네는 변
화산에서 세상에 내려오기 싫어했지. 이 땅은 우
리의 땅이고, 우리는 여기서 일하고, 살아야 하
지. 이 땅의 생명도 하나님이 보내셨고, 그런데
그런 것을 자네는 모른척 했지. 그것을 회개하게.

요한 : 그래, 죽기전에 하고 싶은 말 많이 하게. 허나, 이
것 하나만은 알아야 하네. 나도 자네도 심판을 받
아야 하지만 난 부족하고 부끄러운 마음으로, 회
개하는 마음으로 서지만, 자네는 자신 만만한 그
것이 자네를 지옥으로 밀어 넣은 것이야. 지옥에
서 고생하기 전에 회개하게. (자리에 앉는다.)

유다 : 참 처량하군. 내 신세가 너무 처량해. 아이구 나
도 모르겠다. 어디가서 잠이나 자자. (자리에 앉
는다.)

찬송 소리가 무대위에 가득한다. 삼천리 반도 금수강산

하나님 주신 동산, 무대 불빛이 차차 어두워진다. 무대 위에 평안이 가득하다.

셋째마당

유다 : (나온다. 새끼줄을 목에 걸고) 죽긴 죽어야 하는데 이 새끼줄을 매달곳이 없군. 이거 유다 하기도 힘들어서 그만 두고 싶군. 그러나 저러나 이 마당극이 끝나야 유다도 끝이 나는데.

친구 : (나오면서) 이 사람아 죽기가 그렇게 소원이면 죽는 것은 간단하지.

유다 : 어떻게 매달아야 하나. 자네가 도와주게.

친구 : 권총으로 자살하든지, 물에 빠지든지, 감기에 잘 걸리는 자네는 물에는 안되겠군. 그렇다면 열차에서 뛰어 내리든지, 아니면 요즘 신문에 나는 젊은 연인처럼 연탄 불 피워놓고 동반 자살 하든지, 아니면 자동차에 뛰어 들든지 골라서 하게.

유다 : 이 친구 정신이 없군, 내가 누군가. 유다야. 유다. 성경책에 유다가 어떻게 죽었는지 모르나, 목매어 죽었으니 나도 그렇게 죽어야 이 마당극이 끝나지.

친구 : 아직 죽기는 아깝지.

유다 : 아직 죽기가 아깝다고? 왜?

친구 : 이 사람아 자네가 죽으면 남은부분을 누가 증언
해 주나. 증언이나 다 하고 죽든지, 살든지 알아
서 하게.

유다 : 그럼 내 생명에 시간이 아직 있다 그 말이지?

친구 : 그렇지, 아직 시간이 있네. 그 시간 이야기는 나
중에 하고, 유다는 꼭 목을 매달아 죽어야 하나?
그것부터 알아봐야겠어. 저기 목사님이 오시니
물어 보세.

유다 : (나오는 목사를 향해) 목사님이세요?

목사 : 그런데요. 당신은 누구세요?

유다 : 난 어떻게 매달아 죽어야 하나요. 성경에는 어떻
게 기록되어 있어요?

목사 : 당신이 누군데 그런 말을 물어요? 답답한 사람을
만났군.

유다 : 날 몰라요? 무식한 목사군, 내가 누군지 모르면
목사가 될 수 없지. 참 무식한 목사니 내가 날 소
개하지. 난 가룟유다요.

목사 : 가룟유다? 선생님을 팔아서 자신만을 위하다 죽
은 그 유다요?

유다 : 그렇소. 내가 그 유다요. 그러니 어떻게 죽어야
하느냐고 물었지요.

목사 : 배신자 가룟유다는 목을 매달아 죽어야 하고..

유다 : 죽어야 하고, 그리고 또 있어요?

목사 : 그래요. 또 있어요. 새끼줄이 떨어져서 배가 터져
　　　서 죽어야 하는데.

유다 : (배를 만지며) 뭐여? 배가 터져요? 목사님 성경
　　　책에 그렇게 기록되어 있어요?

목사 : 확실하니 염려말아요.

유다 : 난 유다 안할래. 나는 죽기 싫어.

친구 : 이제 와서 그만 둔다면 안되지. 어서 계속하게.

유다 : 연습할 때는 왜 그 말을 뺐지?

친구 : 알면 자네가 안 할 것이라고 생각했지. 그래서 생
　　　략한거야.

유다 : 걱정이 하나 늘어서 안되겠어.

친구 : 너무 걱정말게. 아직 우리는 연극을 하고 있으니.

유다 : 참 그렇군. 괜히 걱정했네.

목사 : 본론으로 들어가서 다시 시작하자고. (목을 가다
　　　듬고) 당신이 돈 때문에 예수님을 팔았소?

유다 : 그렇소. 그런데 왜 당신이 목에 힘을 주고 폼을
　　　잡아요. 나에게 뭐 할 말이 있어요?

목사 : 더러워서. 오늘 아침부터 기분이 나쁘더라.

유다 : 당신 기분 나쁜 것과 나와 무슨 상관이 있소?

목사 : 선생님을 배신한 악마를 만났으니 기분이 좋겠

소?

유다 : 내가 악마라고? 그래요. 난 악마라고 해요. 돈 때문에 선생님을 배신한 악마라고 해둬요. 그런말을 하신 목사님은 돈 때문에 구세주라고 고백한 예수 선생님을 배신한 일이 없었소?

목사 : 내가 돈 때문에 예수님을 배신했냐구요?

유다 : 놀라기는 왜 놀래요? 선생님을 판적이 있군요. 거짓말 하지 말고 회개하고 고백하시요.

목사 : 내가 예수님을 배반해. 이사람 정말 웃기는 사람이군.

유다 : 내 말이 틀린지 한 번 들어보시요. 요즘 신문에 뭐가 나는지 알아요? 교회를 판다는 광고가 있어요. 교회는 몇평에 교인은 몇명이고, 예산은 얼마이고, 교통이 어떻고……, 교회를 파는 것은 예수님을 파는 것이 아닌가요? 교회는 예수님의 몸이라고 고백하면서 교회를 팔아요? 큰 교회에 목사는 형이고, 동생은 장로고, 식구들이 다 뭐하고 뭐해서 예수이름으로 장사하는 교회나 목사는 예수님을 팔아 넘기는 것이 아닌가요? 사실 예수님을 위해 목숨을 버리고 일하신 목사님이 대부분이지만, 한두 사람이 그런 목사라면은 목사님 모두가 그런 것 같으니까?

목사 : (화가나서) 뭐요? 그럼 내가 그런 목사란 말이
　　　요?

유다 : 난 그런 목사라고 말하지 않았는데 왜 화를 내지
　　　요? 아무래도 이상한데 나처럼 예수님을 판 냄새
　　　가 나는데.

목사 : 배신자는 역시 다르군, 예나 지금이나 자기 변명
　　　하고 자기가 지은 죄를 정당화 시키고, 남을 팔다
　　　니? 하나님은 유다 당신은 용서 안하실거요. (자
　　　리에 앉는다.)

친구 : 역시 자네는 말을 잘해. 목사님을 화내게 해서 쫓
　　　아내다니. 그러나 자네가 너무했네. 그런 말은 자
　　　네가 할 말이 아니야. 사실 그런 목사가 몇이나
　　　있다고 그래.

유다 : 요즘에는 목사가 하늘에 계신 그 분보다 높다며?

장로 : (나오면서) 가룟유다 어디있소?

유다 : 이 양반은 누구신대 잡아 먹을 것같이 달려들어?
　　　내가 유다요. 왜 그래요?

장로 : 유다가 여기 있다고 해서 따지려고 왔소.

유다 : 난 죽일 놈이고, 망할 놈이고, 배신자니 때리든
　　　지, 죽이든지 알아서 하시요. 그런데 그런 당신은
　　　누구요?

장로 : 난 ○○교회 장로요.

유다 : 장로라고요? 오, 장로님, 장로님은 사랑이 없으시
　　　군요. 용서하라 하셨고, 겉옷을 달라는 사람에게
　　　속옷가지 주라고 하신 말씀 잊으셨어요?

장로 : 사랑? 그래, 혼자 잘 살아보겠다고 선생님을 팔
　　　아?

유다 : 장로님, 잠깐 참으세요. 나도 은 30이 욕심나서
　　　선생님을 팔았지만 당신은 뭐요?

장로 : 난 예수님을 사랑해요. 내 생애의 모든 것을 바쳐
　　　서 일하고 있고, 앞으로 죽을 때까지 일할 것이
　　　요.

유다 : 잘 압니다. 그러나 당신은 그런 훌륭한 장로님을
　　　닮지 않고 욕심이 가득 찬 것이 내 눈에도 보이는
　　　데요. 입술로만 주여 주여 하면서 돈을 벌기 위해
　　　서 무슨 일이든지 하고 있소. 노동자 임금을 착취
　　　해서 뱃속에 집어 넣었으니 노동자들이 파업도
　　　하고, 못살겠다고 아우성도 치고, 사회불안도 가
　　　져오고, 외국으로 자금을 빼돌려 도망갈 궁리나
　　　하고, 외국에서 싼 농축산물 가져와 비싸게 국내
　　　시장에 팔아 농민들을 울리고, 국내 농산물 가격
　　　을 병들게 하고, 사먹는 사람들을 죽이고, 사회는
　　　불안하게 되고, 우는 사람, 자살하는 사람 많아지
　　　고.

장로 : 꼭 나 들으라고 하는 소리 같은데 난 그 돈으로
　　　 교회를 위해서 일했고, 많은 사람들에게 직장을
　　　 주었소. 그런데 당신은 무엇을 했소? 후회하고 죽
　　　 는 일 말고 무슨 일을 했소?

유다 : 난 할 말이 없는 사람이요. 그러나 당신같은 사람
　　　 은 교회의 공로자는 될 수 있어도 하나님 앞에서
　　　 심판은 면할 수 없을 것이요.

장로 : 심판은 당신이나 받으시요. 하나님의 심판은 배
　　　 신자들이 받는 벌이요. 알겠소? (자리에 앉는다.)

친구 : 이 사람아, 아직도 입은 살아있나? 왜 그토록 예
　　　 쁘고 예쁜 말을 골라서 해. 사람의 속을 뒤집어
　　　 놓는가?

여신도 : (나오면서) 말 좀 묻겠습니다.

친구 : 조금만 묻지 말고 많이 물어봐도 괜찮소.

여신도 : 이 땅의 주인을 찾고 있는데 알고 계세요?

유다 : 복덕방에서 물어보시요. 우리는 복덕방 하는 사
　　　 람이 아니요.

여신도 : 복덕방에 가봤는데 아무도 없어요.

친구 : 어떤 땅을 묻는 거요?

여신도 : 여기 이 땅이요.

친구 : 이 땅은 피밭인데, 무엇 때문에 이 땅을 사려고
　　　 그러시요?

유다 : 이 땅의 주인은 나요.

여신도 : 아 그러세요. 그런데 피밭이란 말은 무슨 말이
　　　　요.

유다 : 무엇 때문에 이 땅을 사려하는지 물어봤는데 왜
　　　　대답이 없소?

여신도 : 이 땅에다 예쁜 내 교회 하나 지으려고요.

유다 : 교회를 지어요? 교회라, (생각한다.) 교회 다니신
　　　　분이 피밭을 모른다.

여신도 : 피밭이 무슨 뜻이어요?

유다 : 내가 예수 선생님을 판 돈 은 30을 제사장 앞에다
　　　　팽게쳤더니 그 돈은 더러우니 성전에 두지 말라
　　　　고 하여서, 땅을 사서 나그네 묘지로 삼았으니 그
　　　　돈이 내 돈이니 이 땅이 내 땅이다 그 말이요.

친구 : 무슨 말인지 잘 모르신 모양인데, 이 친구가 예수
　　　　님을 판 가룟유다요.

여신도 : (놀라서) 가룟유다요?

유다 : 왜 놀라시요. 돈에 대해서는 나도 뭘 좀 압니다.
　　　　나랑 동업합시다.

여신도 : 더러운 사람. 돈 때문에 예수님을 배신해.

유다 : 보아하니 복부인 같은데 당신은 땅사서 장사하면
　　　　서 그 돈 벌고 땅을 차지하기 위하여 예수님을 버
　　　　린 적이 없소?

여신도 : 무슨 그런 무식한 말을 해요.

유다 : 복부인은 수단과 방법을 가리지 않고 돈을 번다고 하던데, 남이야 망하든지 죽든지 걱정할 것 없이 마구 번 돈 그것이 예수님을 판 것이요.

여신도 : 그것이 왜 예수님을 판거요?

유다 : 이웃을 사랑하라 말씀하신 분이 누구시지요?

여신도 : 예수님이요.

유다 : 잘 아시는군. 그 말이 이웃이 곧 예수님이란 말이요. 이웃을 사랑하는 것은 예수님을 사랑하는 것이요. 이웃을 망하고 죽게 하는 것은 예수님을 죽게 하는 것이니 그것이 예수님을 판 것이요, 또 교회에서 돈푼이나 있다고 설쳐대며 이웃을 잊어버리고 이웃의 마음을 아프게 했으니 그것이 예수님을 판 것이요.

여신도 : 말을 잘 하시는데 당신은 그렇게라도 했어요. 난 그렇게라도 해서 교회에 충성한 것이요.

유다 : 교회에 충성한 것은 예수님께 충성한 것이 아니요. 예수님께 충성한 것은 교회에 충성한 것이 되지만 어찌됐던 이웃을 잊어버린 당신도 하나님의 심판을 받을 것이요.

여신도 : 사돈네 남의 말 한다더니 심판은 당신이나 받으세요.

유다 : 난 어찌됐던 심판을 받았으니 걱정 마시고 심판
　　　받을 준비나 하시요.
여신도 : (화가나서) 에이 더러워 오늘 재수에 살이 끼
　　　었나봐. (자리에 앉는다.)
친구 : 오늘 보니 자네 참 많이 알고 똑똑하군. 그러나
　　　그 많은 사람들의 저주를 받고 어떻게 살아가나.
　　　걱정이 되네.
유다 : 염려말게 그래서 목매달아 죽었으니.
연출자 : (나오면서) 너무 길어 그만 하자구. 너무 길면
　　　재미없고 이제 정리해 보자구요. (관중석을 둘
　　　러보고) 여러분! 유다의 심정을 조금은 아셨겠
　　　지요. 이제 여러분이 한 말씀 하실 차례입니다.
　　　누가 먼저 하시겠습니까? (유다와 친구는 자리
　　　에 앉는다.)
관객 1 : (뛰어 나와서) 내가 먼저 하겠소. 유다도 죽일
　　　놈이지만, 유다를 통해서 우리의 모습, 아니 나
　　　자신의 모습을 보았소. 나 자신도 유다처럼 배
　　　신자는 아닌지 의심스럽소, 회개하는 마음으로
　　　주님앞에 서서 나를 한번 다시 보겠습니다. (자
　　　리에 앉는다.)
관객 2 : (나와서 인사하고) 모두 다 심판, 심판 하는데
　　　마치 하나님이나 된것처럼 큰소리 치는데 우리

그러지 맙시다. 심판은 하나님이 하십니다. 그 일은 하나님 일이니 하나님께 맡기십시다. 우리는 우리의 일을 열심히 하면 된다고 생각합니다. 우리는 누가 어떻고 누가 어떻고 판단하기보다는 그들을 이해하고 그들을 위해 기도해야 한다고 생각합니다. 그 기도를 통해 하나님의 은혜가 전해져서 더 이상 악마의 종이 되지 않고 하나님의 자녀가 되게 하는 것이 중요하다고 느꼈습니다. (자리에 앉는다.)

연출자 : 여러분은 무엇을 보셨습니까? 모두 한마디씩 해 주십시요.

모두 나와서 소감을 말하게 한 후, 손을 잡고 내게 강같은 평화를 부르며 마음을 같이 한 후, 막을 내린다.

9. 어떤 재판
(중·고등부를 위한 마당극)

■ 나오는 사람

나농민(나는 농민)　　　　형코쟁(형님이 된 코쟁이)

마유지(마을 유지)　　　　재판관

복부인(복받을 부인)　　　관중들

등재벌(등쳐먹는 재벌)

동권력(동생이 된 권력)

✳ 연출자를 위하여

어떤 재판은 몇년전 어떤 전문대학 축제 때 무대에 올렸던 마당극이다. 미국의 수입 압력에 지금까지 어려움을 당하고 싸우는 많은 농민들의 가슴을 조금이라도 풀어볼 생각으로 이 마당극을 구성했다.

마당극이기 때문에 형식이 필요없다. 관중과 함께 생각하고, 같이 결단해서 우리 쌀을 지키고 우리 농산물을 먹어 농촌을 지켜가도록 힘쓰게 하는 것이다.

재판과정은 더 재미있게 구성해도 괜찮을 것이다. 다만 등장인물을 통해서 꼭 전해야 할 메세지를 전하는 것이다. 무대는 재판장이 쓸수 있는 책상하나 있으면 좋겠다. 상황에 따라 움직이면서 모두에게 상황을 보여 주면서 진행해야 한다.

교회에서 중, 고등부, 대학생, 청년들을 중심으로 무대에 올렸으면 좋겠고, 우리 것을 사랑하는 사람이면 더욱 좋은 연기를 볼 수 있을 것이다.

시작할 때 연출자의 설명과 함께 등장인물을 소개하고 끝나고 뒷풀이 시작하기 전에 모두의 결단을 촉구하는 정리의 말을 하는 것도 좋을 것이다.

하나님이 주신 동산 깨끗하고 아름답게 지켜가고 진실을 사랑하고 의를 위하여 살았던 민족혼을 살리는데 작은 힘이 되었으면 한다. 추수감사절이나, 해방절에 무대에 올렸으면 한다.

사물놀이 패들이 신명나게 놀고 나서 (사물놀이 하기 어려우면 재미있는 음악에 맞추어 춤을 추고나서) 상쇠나 대표 한사람이 나와서 마당놀이의 시작을 알린다. 등장 인물은 관중과 함께 자리한다.

나농민 : (나오면서) 여러분 안녕 하시는기라우. 여그가 ○○교회가 맞는가요? (대답을 듣고) 워따, 아침에 죽도 안 먹었당가요. 왜이라고 대답이 신찬하당가요.(큰소리로) 그랑께 여그가 ○○교회가 맞는가요? (대답을 듣고 만족해서) 되았구만이라우. 저는요, 쩌그서 농사 짓고 사는디요. 오늘 아침에도 논에서 일을 했는디요. 여그서 뭣인가? 뭐라고 하드라? 응— 그렇지 잔치도 하고 특별하고도 유명한 재판장이 오신다고 해서 왔는디라우. 속시언한 재판을 해주었으면 하는디라우. 여러분들이 소리도 쳐주고라우. 또 박수도 치고해서 우리 농사짓고 사는 농민의 살길을 알게 해주씨요잉.

관중들 : (박수를 치며) 알았소. 알았으니 어서 말씀을 시작하시요.

나농민 : 나가 농사짓는 농부라 그래서 내이름이 나농민이어요. 나가 하고 싶은 말은 그랑께. 먼저 물

어보고 이야기를 시작합시다잉. 여러분은 미국
쌀 먹고 싶은가라우? (관중의 반응보고) 워메
즈그들 농사꾼 아니고 농사꾼 자식들 아닌감.
왜 대답이 씬찬 하당가. 크게 대답해부씨요. 미
국 쌀밥 먹고 미국 똥 싸면서 미국놈 같이 되고
싶은가라우. 미국놈 같이 되고 싶어서 안달이
난 여러분 한테 내가 먼 말을 하겠소. (재판장
을 불러낸다.) 재판장님은 어디 계신가라우. 어
서 나오씨요잉. 빨리 빨리 하잖께요.

재판장 : (나오면서) 누가 날 불러.

나농민 : 유명한 어르신네는 우리같은 농삿군은 사람으
로 안보는 감용. 부르면 빨리나와야재.

재판장 : 난 양심적인 재판장이라 누구든지 날 필요로
하는 사람은 잘 만나주지요. (사람의 모습을 살
펴보고) 나원참 아침부터 왠 거지가 와서 날 찾
는고?

나농민 : 왠 거지라우? 재판장 당신네들은 요즘에 데모
하는 학생들 많이 있고, 거머시냐 공장에서 일
하는 처녀, 총각 있은께 먹고 살지. 나같은 농
삿군만 살것 같으면 풀새 목아지야. 오늘도 내
가 일감을 가져왔는디 큰 소리치고 있어. 그라
지 말고 재판이나 잘 해주랑께.

재판장 : 와 ─ (놀래며) 그 촌놈 말 잘하는데. 그럼 당신이 재판장 하면 되지 왜 날 찾아왔소?

나농민 : 요즘에는 농삿군도 그 정도는 똑똑한께 물어볼 필요없고 나가 재판도 할것 같으면 폴새 해부렀재잉.

재판장 : (말을 막으며) 알았소. 알았으니 용건이나 말하시요.

나농민 : 재판장은 유식한께 잘 알겄구만. 요새 노두한 정권이 우르르 몰려와서 와르르 무너지게 하는 거 무슨 법인가. 뭔가 허락하고 뭐라드라 개방인가 한다던데 아시는가요?

재판장 : 우르르 몰려와서 와르르 무너지는 법? (생각한다.) 난 모르겄는데.

나농민 : 그 재판장 되게 무식하네. 아 농촌에 가면 길가에 지나댕긴 똥개도 아는데 모른다고라우? (관중을 향하여) 여러분은 잘아시겄지요. (관중들 "네"로 대답한다) 여기 모인 관중님들은 다 잘 아신 다는디 워째 재판장만 모르신당가. 여러분들이 쫌 가르쳐 주시요잉.

관중들 : (한 목소리로) 우르과이 라운드.

재판장 : 우르과이 라운드요. 그 법이야 잘 알지요.

나농민 : 그라믄 워째 모른다고 했당가?

재판장 : 우르과이 라운드라고 해야 내가 알지.

나농민 : 우르과이든지 와르가이든지 그것 때문에 우리
농민들이 모두 죽게 되었는디 오늘 재판 쪼금
해가지고 그것쯤 못하게 하시요. 그래야 살것
인께.

재판장 : 우르과이 라운드를 어떻게 재판한다는 것이요?

나농민 : 워따 이양반아, 그것을 알믄 내가 재판해불재
워째 당신한테 마끼것어?

재판장 : 당신이라고? 아에 막 먹으시요?

나농민 : 그라믄 미국놈덜 쌀 먹고 살라고 재판을 못한
다? (팔을 걷어 붙인다.)

재판장 : 날 때리려고? 날 때리면 공무집행방해죄로 걸
릴것인데.

나농민 : 공무집행방해죄 야그 해가지고 날 쫓아 낼라고
그란디 어림도 없당께. 날 쫓아내믄 여기 보고
계시는 관중님께서 가만 안둘 것인께. 여러분,
그라지라우?

관중들 : 재판장, 재판이나 시작하라구. 안해도 가만 안
두고 잘못해도 가만안둘테니 잘 하라고.

재판장 : (겁을 먹고) 그럼 한번 해봅시다. 어디서부터
할까요?

나농민 : 우리 동네가믄 좀 배웠다고 출입쯤 했다고 폼

재는 사람하나 있지. 놈팽인디 그 동네 앞에 있
는 간척지 넓은 땅을 도시에 어떤년한테 다 팔
았뿌렀어. 그년이 내려와서 그 폼재는 놈팽이
한테 감독인가 임명했는디 그 감독인가 됐다고
폼잡고 다니는 그 놈부터 조저버립시다. 우선
보기 싫은 사람부터.

재판장 : 가서 데리고 오시요.

나농민 : 마을 유지님 그래서 이름이 마유지 어서 싸게
나오씨요. 나한테 막말하고 닥달한 것처럼 재
판장 한테 해보시요.

마유지 : (나오면서) 마을에서는 말 한마디 못하는 촌놈
이 여기오니 큰소리 치는데 자 나왔으니 어쩌
란 말이요.

나농민 : 재판장한테 우르과이 라운드인가 뭔가 그렇게
좋다고 선전했던 말 여그서 다시 해 보씨요?

마유지 : 말하라고 하면 못할 줄 알고, 모두다 내말 좀
들어 보시요.

재판장 : 지금부터 한 말에 대해서는 마유지가 책임져야
합니다.

마유지 : 책임지지라우. 책임지고 말고요. 나도 농사 짓
고 살자면 농사일이 힘든 일인데 그런데 그런
힘든 일 안해도 미국에서 들어온 쌀로, 그 쌀

이름이 뭐드라(생각해 본다). 이름이야 어쨌든
지 이만 오천원이면 살 수 있는 쌀을 10만원을
넘게 주고 사 먹는 것보다 싸고 일 안하고 놀아
서 좋고 나좋고 매부좋고 누이좋고 그란것 아
니것쏘잉.

재판장 : 그럼 그 쌀 사먹을 돈은 누가 주고?

마유지 : 그랑께 돈을 벌기 위해서 농공단지 공장에 취
　　　　직해야지요.

재판장 : 농공단지 공장은 기술이 없어도 일하라고 할까
　　　　요?

마유지 : 그래서 기술 교육 시키고 있지요.

재판장 : 기술은 누가 가르쳐 주고, 기술 배울 돈은 누가
　　　　주지요?

마유지 : (말이 막혀서 머뭇거리다) 우리 어르신네 모셔
　　　　다가 물어보면 잘 알지요. 우리 땅의 주인이시
　　　　고 인정 많으시고 유식하시고 예쁘고 어지신
　　　　그 어른은 무엇이나 다 알고 있지요.

재판장 : 그럼 그 분을 나오라 하시요.

마유지 : 복 많이 받아서 복부인. 복많이 받을 것이라고
　　　　복부인 그 이름도 거룩하신 복부인 마님. 나오
　　　　십시요.

복부인 : (나오면서 엉덩이 춤을 춘다) 목불공단에 대학

이 생기고 공장이 생긴다고해서 거기다 땅을
사서 장사를 할려고 하는데 무엇 때문에 불러
냈소. 오늘 땅 못사면 그 땅을 잃게 되는데 그
손해 배상은 누가 해주겠소?

나농민 : 잘 났구나 잘났어. 돈을 준다면 여러분 앞에서
도 옷이라도 벗을 것이요. 돈만 준다면 누구한
테나 몸이라도 줄 여자여. 정말 잘났어.

복부인 : 지난번 농장에 갔을 때 싸움했던 그 촌놈이구
만. (마유지를 쳐다보며) 저사람에게 우리 논
맡기지 말아요.

나농민 : 더럽구만 더러워 제기럴 돈 없고 땅없는 농사
꾼은 다 죽어야 해.

재판장 : 조용히 하시요. 묻는 말에만 대답하시요.

복부인 : 텔레비젼에 나오나요? 그렇다면 예쁘게 잘 보
여야지. 말도 잘해야 하고.

재판장 : 우르과이 라운드에 대해서 알고 계시지요?

복부인 : 잘 알고 있지요.

재판장 : 무엇을 잘 알고 있는지 알고 있는 그대로 말해
보시요?

복부인 : 내가 서방님 없이는 못살지요. 그래서 하나 가
지고 안되니까 셋이나 데리고 살지만 우리나라
도 미국 없이는 못 살아요. 그 미국이 가까이

있으니 좋고, 미국 물건이 우리나라에 들어오
면 미제 살려고 일본이나 미국까지 안가도 좋
고, 좋은 쌀밥 먹으니 좋고, 좋은 고기 먹으니
좋고, 나 같은 사람 촌에 땅이 있는 사람 농사
안지으니까 촌놈들하고 싸움 안하니 속 편해서
좋고, 미제·외제 물건 집에 가득 채우고 내다
가 장사해서 돈벌어 좋고, 미제 TV, 미제 라디
오, 오디오, 미제 남자 하나 더 들여놓고.

나농민 : 미친년 염병하고 있네

복부인 : 뭐라고 미친년이라고? 이 촌놈. 경찰서에 잡혀
가서 죽게 맞아야 정신 차리겠어. 우리 오빠가
경찰서 과장이라고.

나농민 : 미친년이 얼마나 좋은 말인디 미인에다 친절하
고 상냥한 여자에게 미친년이라고 한다는디.

복부인 : 그래, 그 말은 듣기 괜찮은데.

나농민 : (관중석을 보고) 그 주제에 좋은 말을 알아갔
고 귀가 솔깃해서.

재판장 : 별 볼일 없는 소리 그만하고 우르과이 라운드
에 대해서 누구에게 들었소?

복부인 : 그거야 우리 친정 오빠가 돈 많은 재벌님이라
고. 그 오빠에게 배웠으니 틀린말이 아닐 것이
요.

재판장 : 그럼, 자 재벌인가 등재벌인가 불러 오시요.

복부인 : 회사 공원들 등쳐 먹는 재벌이라고 해서 이름
하여 그 유명하신 등재벌님 나오시요.

등재벌 : (나오면서) 니가 나오라고 해서 나오냐. 극본
에 나오라고 했으니 나오재. 왜? 속이 틀어졌
냐?

복부인 : 그 말은 극본에 없는 이야기인데.

재판장 : 자~. 마당극 진행해요. 둘이서 싸우는 싸움은
극이 끝나면 하고 차분히 묻겠으니 흥분하지
말고 차분하게 대답하세요.

등재벌 : 당신이 누구덕에 여기 앉아 있는데 큰소리야.

재판장 : 재벌님들이 돈으로 뒷을 봐주니까 여기에 앉아
있지요.

등재벌 : 유식한척 하지말어. 연출자가 널 재판장으로
시켰으니 높은 자리에 있지.

재판장 : 남의 일에 배아파 하지 말고 묻는 말에 대답이
나 해?

등재벌 : 세상에 우르광이 라운드가 무엇인지 몰라서 나
에게 물어보시요. 저렇게 무식한 사람이 어떻
게 재판장이 되었지.

재판장 : 내가 재판장 된 것하고 우르과이 라운드 하고
무슨 관계가 있소?

등재벌 : 그런 이야기 그만두고 난 돈으로 돈만 벌면 그만이요. 그 우르고애 라운드라고 하는 관세법이 나에게 돈으로 돈을 벌게 해준 것이요. 이자 싼돈 주지말라. 이중곡가제 폐지하라, 영농자금도 주지말라, 농기계 구입할 때에 돈 보태주지마라. 외국 고기 먹어라, 외국 곡식 먹어라, 했으니 자선사업처럼 농촌에 쏟았던 돈 다른곳에 투자하니 좋고 싼 외국 농산물 사다가 비싸게 팔아서 돈 벌고, 또 외국은행이나 보험회사 들어오면 이번에 사놓은 땅 담보로 돈을 많이 빌려쓰니 좋고, 외국 영화 많이 들어오니 문화생활해서 좋고, 이렇게 좋고 저렇게 좋은 일들이 얼마든지 있어 좋지요.

재판장 : 빌린돈 갚지 못하면 우리땅 찾기위해 누가 돈을 내야지?

등재벌 : 그거야 세금 많이 거두면 되고 부족하면 성금 내고, 나도 세금도 많이 내고 성금도 많이 주고 있으니, 그런데 이렇게 좋은 것을 속 창아지 없는 촌놈들은, 학생들은 왜 데모를 하고 화염병을 던지면서 거 뭐라드라(생각한다). 그래 생각났다. "양키고홈" 하는지 모르겠어 정말 정신없는 놈들이야.

관중들 : 주댕이 더 벌리면 똥을 쳐 넣을테니 조용히 입
　　　　다물라고.

등자벌 : (한발 물러서면서) 아무래도 안되겠어 우리 대
　　　　부님께 부탁해서 공권력을 사용해야겠어. (안
　　　　호주머니에서 무선 전화기를 꺼내서 전화한다)
　　　　여보세요. 네 - 네 -. 아이구 대부님이세요. 여
　　　　기 오셔야겠습니다. 미국이 공식 동생으로 인
　　　　정해 주신 동생 권력 동권력 등장입니다.

동권력 : (나오면서) 어떤 몰지각한 놈들이 어떤 불순분
　　　　자들이 살기좋은 나라에서 데모를 하고 말을
　　　　안들어? 죽여야지. 싹 쓸어 없애야지.

재판장 : 조용히 하시요. 여기는 법정이요. 그리고 내가
　　　　요구하지 않는 공권력은 인정할 수 없소.

동권력 : 큰 소리치지마. 그곳에서 따뜻한 밥먹고 살려
　　　　면 그 자리에 앉아 계실려면.

재판장 : 나왔으니 우르과이 라운드에 대하여 아시는대
　　　　로 말하시요.

동권력 : 그거야, 여기있는 촌 사람들을 평안하고 잘살
　　　　게 하는 것이지. 이제부터 외제 물건을 많이 사
　　　　다쓰시요. 미국 쌀에다, 미국 밀가루에다, 미국
　　　　소고기도, 참깨, 콩, 들깨, 고구마, 이쑤시게 등
　　　　등 …… 얼마든지 있소.

나농민 : 왜 미국 처녀들은 수입품목에서 **빠졌당가**. 미
　　　　국처녀 수입해다 농촌 총각 장가나 보내주지.
동권력 : 미국 처녀가 필요없지. 우리 모두가 미국산 쌀
　　　　먹고 미국 고기먹고 살다보면 우리 모두가 미
　　　　제가 될 것인데 걱정은 무슨 걱정.
관중 : (관중석에서 일어서서) 그럼 나는 어느 부분이
　　　　국산이요. 빵을 먹으니 빵은 미국 밀가루로 만들
　　　　고 옷은 외국 관광갔다가 사온 옷이고, 신도 외국
　　　　산. 모자도 외국산, 외국산, 미국산 좋아하는 아
　　　　버지 어머니 사이에서 태어났으니 아무래도 난
　　　　국산인지 미제인지 잘 모르겠소.
재판장 : 넌, 누구야 조용히 해.
관중 : 국산도 미제도 아닌 내가 유명인사 되고 싶었는
　　　　데 틀렸군. (앉는다)
동권력 : 나도 입장 곤란하다고 백성들 편을 들어주면
　　　　미국이 잡아 먹으려 하지. 미국편을 들면 국내
　　　　에서 데모하고 난리치지. 그래도 미국 형님이
　　　　좋아 먹을 것을 주고 생활비도 주니까. (관중들
　　　　을 한번 둘러보고) 아무리 데모해도 우르과이
　　　　라운드법은 시행될 것이요. (관중들의 야유)
　　　　안되겠어 우리 형님을 불러야지. 우리 형님, 코
　　　　쟁이 형님 나오십니다.

형코쟁 : (나온다) 누가 우르과이 협상 반대해?

동권력 : 아이구 형님, 오서오십시요.

형코쟁 : 무조건 반대하는 사람 무조건 잡아들여 혼내주라고. 내가 본국에 가면 더 많은 핵무기 보내줄테니 말 안들으면 싹 쓸어버려.

동권력 : 네-네. 싹 쓸어 버리지요. 여기 일은 저에게 맡기시고(형코쟁 얼굴을 살핀 후) 안색이 안좋으신데 어디 편찮은 곳이라도?

형코쟁 : 저기 어떤 나라에서 국민들이 시끄럽게 하니 국회에서 우리 협상을 부결시켰다는군. 그리고 우리를 에이즈 환자 보듯이 쫓아내니 내 마음이 편하겠어?

동권력 : 아이구 형님, 그런 일은 이땅에서는 절대 안 일어날 것이니 걱정마십시요. 한놈이라도 반대하면 국가 보안법이나 형님 모독죄로 감옥에다 10년씩 쳐 넣으면 됩니다. 뭐든지 많이 보내주십시요.

형코쟁 : (관중을 둘러보고) 저놈들이 시끄럽게 하면 어떻게 할거야?

동권력 : 저런. 촌놈들은 간단합니다. 땅을 빼앗는 정책을 쓰면 도시로 몰려가지요.

형코쟁 : 그래 열심히 하라고.

나농민 : 썩을 놈들 놀고 있네. (관중을 향해) 여러분 요
　　　　놈들을 어떻게 했으면 좋겠어요.
재판장 : 나농민씨 서둘지 마시요. 여기는 법정이니 법
　　　　에 따라 처리해야 합니다.
나농민 : 법에 따라 처리해? 누구를 위한 법이여. 길가는
　　　　아이에게 물어봐도 웃을 일이여. 그러니 누구
　　　　에게 맡겨. 여기 계신 여러분이 국민이고 농민
　　　　도 국민이니 국민에게 물어봅시다.
관중들 : 옳소. 우리에게 물어봐요.
재판장 : 알았소. 나도 농민의 아들이니 못된 법을 버리
　　　　고 여러분께 묻겠습니다. 어떻게 하면 좋겠어
　　　　요.
관중들 : 꽁꽁 묶어서 한줄로 세워요. 우리 모두 입을 모
　　　　아 불어 버립시다. 달나라에 가서 즈그들끼리
　　　　잘 해먹으라고.
재판장 : 여러분의 말이 법이니. 이 못된 사람들을 모조
　　　　리 지구에서 쫓아 내버립시다.
나농민 : 여럿이 입을 모아 불것 없소. 내가 이때까지 모
　　　　아는 입심으로 불어 버릴탱께 여러분은 박수나
　　　　칫씨요. 자 그럼(나농민이 힘을 모아 불어버리
　　　　면 마유지부터 형코쟁까지 퇴장 자리에 앉는
　　　　다.) 사물놀이패 등장하면서

상쇠(또는 대표자) : 우리 모두 우리 농산물 먹어. 힘을
내서 몰아 낼 놈 몰아내고 잡을 놈
잡고 세울분 세워서 농민 세상 만듭
시다. 자 그날을 기다리면서 한판
신명나게 놀아봅시다.

출연자. 관중들이 어울려 뒷풀이를 신명나게 펼친다.

10. 천사의 선물

■ **때 :** 어린이 날
■ **곳 :** 도시 변두리 버스 정류장
■ **나오는 사람 :**

걱정(나)

천사, 정수 할아버지, 영이 엄마,

영이, 정미, 정수

✳ 연출자를 위하여

5월 가정의 달에 무대에 올릴 수 있는 짧은 연극이다. 어린이날을 성탄절로 고치면 성탄절에도 모든 성도들 앞에 자랑할만한 연극이다.

할아버지와 손자 정수의 마음을 가장 아름다운 것으로 보게하는 천사는 가장 아름다운 선물을 주고 간다. 선물의 참의미와, 가족의 정을 그린 연극이니 할아버지 역을 맡은 아이가 아름다움을 잘 나타내야 한다.

무대는 무대 설명을 보면서 그대로 하면 어렵지 않게 꾸밀 수 있겠다.

막이 열리면 조용한 정류장에 가로등 불빛만 긴의자 위를 비추고, 버스 정류장 표시판이 보인다. 긴의자 가운데 정수 할아버지가 정수를 기다리며 가고 오는 사람을 구경하고 있다.

천사 : (등장하면서) 오늘도 찾지 못했는데 어디로 가야 하지? (혼자말로 하고 두리번 거리며 찾다가 할아버지 얼굴을 보고 그 곁에 앉는다)

할아버지 : 왜? 내 얼굴에 무엇이 묻었니? (얼굴을 만져 본다)

천사 : (아무 말없이 계속 쳐다본다)

할아버지 : 넌 어디서 왔니? 이 마을에 사는 아이는 아닌 것 같은데.

천사 : (대답을 대신해서 손으로 하늘을 가르친다)

할아버지 : 말을 못하는구나?

천사 : 할아버지, 세상에서 제일 아름다운 것이 무엇일까요?

할아버지 : 말을 할 줄 아는구나? 그런데 아름다운 것은 왜 찾지?

천사 : 그것을 찾으려고 세상에 왔거던요.

할아버지 : 세상에 왔다고? 어디서 세상에 왔는데?

천사 : 저기요ー. (또 하늘을 가르친다)

할아버지 : 하늘에서? (하늘을 쳐다본다) 그럼 사람이
          아니란 말이야?

천사 : 전 사람이여요.

할아버지 : 하늘에서 왔다면서?

천사 : 그래도 사람이여요.

할아버지 : 사람으로 왔다—?. 그럼 예수님 처럼?

천사 : 예수님은 아니여요. 난 하늘에서 하나님 심부름
       으로 세상에 온 천사여요.

할아버지 : 천사라. 그래도 난 이해 못하겠는데. 너 정신
          이 이렇게 (손짓한다) 된거 아니야?

천사 : 할아버지 눈을 감고 마음을 열고 제 손을 잡아 보
       세요. 마음에 평안이 오고 아름다운 것이 보일거
       예요.

할아버지 : (천사의 손을 잡고 기도하듯 눈을 감는다.)
          아름다운 것이 보이는 데 넌 왜 그 아름다운
          것을 찾지 못했지.

천사 : 찾지 못한 것이 아니라 만나지 못한거예요.

할아버지 : 왜 만나지 못했지?

천사 : 아무도 믿어주질 않아요.

할아버지 : 만나는 사람에게 천사라고 하면 믿지 않을거
          야. 세상이 그래.

천사 : 할아버지는 믿으세요?

할아버지 : 하늘에서 왔다고 하니 믿어야지. 왠지 마음
　　　　　　이 참 편안하구나. 그런데 왜 아름다운 것을
　　　　　　찾아 오라고 했지?

천사 : (할아버지의 손을 놓고) 전 하늘나라에서 말썽
　　　　많은 개구장이 천사였어요. 하나님은 제 버릇을
　　　　고쳐주기 위해서 세상에 내려가라 하셨고. 아름
　　　　다운 것을 감추어 두었으니 찾아 오라고 하셨어
　　　　요. 그런데 그 아름다운 것을 찾지 못했어요.

할아버지 : 세상에서 제일 아름다운 것이라. (혼자서 말
　　　　　　하고 생각해 본다)

천사 : 할아버지, 할아버지도 누구를 기다리세요?

할아버지 : 내게 엄마도 아빠도 없는 손자가 있지. 항상
　　　　　　늦게 집에 오는데 저기 (손으로 가르친다)
　　　　　　저 산을 오르려면 무섭고 길이 험해서 내가
　　　　　　마중 나온거야.

　(자동차 소리가 멀리서 들린다. 멈추고 다시 출발하는 소
리가 들린다)
　영이, 정미 등장

정미 : 영이야, 엄마가 아직 안오셨나 봐.

영이 : 우리 엄마는 항상 늦어.

정미 : 우리 엄마가 마중 나올 실 때는 늦게는 안오시는
　　　데.
영이 : 늦으실거야. 이 밤중에 딸 마중 나오면서 진하게
　　　화장하고 옷입고 하느라고 바쁘셔.
정미 : 그래서 너희 엄마는 예쁘시잖아.
영이 : 예뻐?
정미 : 그럼 밉니?
영이 : 예쁘다고 해두자. 딸이 엄마 밉다고 하면 하나님
　　　이 노하신다.
천사 : 너도 하나님 아니?
영이 : 넌 누구야? 누군데 남이 말하는 데 끼어들어?
천사 : 나? 하늘에서 온 천사야.
정미 : 뭐, 천사? 거지 같은게 웃기는 데, 하늘에서 온 천
　　　사는 날개가 있다는 데 날개를 내놔 봐?
천사 : 거지 같다고? 그래, 천사는 거지 같을 수도 있으
　　　니, 그리고 날개를 내놓으라고? 무슨 만화영화 보
　　　는 줄 알아?
영이 : 천사라고 했지? 날개가 없으면 무엇으로 천사라
　　　고 증명해?
천사 : 난 세상에서 제일 아름다운 것을 찾아서 내려왔
　　　어, 그런데 너희들도 세상 사람들도 믿지 않더라.
할아버지 : 이 아이는 천사야. 하늘에서 내려온ㅡ.

영이 : 할아버지는 천사를 보셨어요? 어떻게 믿어요? 산
에는 천사들이 자주 내려오나 보지요?

할아버지 : 천사는 마음이 아름답고 깨끗한 사람만 느낄
수 있고 알 수 있지.

영이 : 그럼, 난 마음이 더러워서 느낄 수 없단 말이어
요?

할아버지 : 그렇지.

정미 : 저도, 천사인지, 거지인지 알 수 없는 데, 저도 나
쁜 아이겠네요?

할아버지 : 너도 느낄 수 없으면 마음이 좋은 아이는 아
니겠지.

정미 : 천사인지 아닌지 느낄 수 없지만 할아버지도 좋
은 할아버지가 아니라고 느낄 수 있어요.

할아버지 : 그래? 하지만, 난 천사인 것을 느낄 수 있는
데.

영이 : 할아버지 제가 무엇이 나쁜 아이 인가요?

할아버지 : 난 너희들을 잘 알고 있지. 부잣집 고운 따님
들이고, 공부도 잘하고, 피아노 학원에 컴퓨
터 학원에 다니고 미용체조도 하고, 잘났고,
예쁜 옷도 입고.

정미 : 그런데 나쁜 아이여요?

할아버지 : 얼굴이 예쁘고, 부자고, 옷도 잘입고, 공부도

잘하고, 학원에 다닌다고 다 예쁜 아이는 아
니지, 마음이 예쁘고 아름다워야해. 그래야
고운 눈으로 세상을 볼 수 있거든, 아름다운
세상을 볼 수 있을 때 아름다운 천사도 볼 수
있지.

정미 : 할아버지, 그래도 난 천사가 아니라, 거지로 보이
　　　는데요.

할아버지 : 너도 영이처럼 마음이 곱지는 않지. 날마다
　　　　　보는 이 할아버지에게 인사도 안하고, 어제
　　　　　밤 어머니에게 뭐라고 했지.

천사 : (말하는 사람들을 번갈아 쳐다보면서) 할아버지
　　　뭐라고 했는데요.

할아버지 : 어린이날 선물로 무엇을 사 달라고 했지?

정미 : 아이들이 모두 가지고 있는 컴퓨터가 싫다고 더
　　　크고 좋은 것을 사달라고 했어요. 그러면 나쁜 아
　　　이인가요?

할아버지 : 그렇게 말한 정미가 좋은 아이는 아니지.

천사 : 선물을 부탁해서 사주는 것이 아니라 필요할 것
　　　이라고 생각해서 주는 것이지 어떻게 받는 사람
　　　이 선물을 선택해?

할아버지 : 욕심장이는 그렇게 하지.

(영이 엄마 등장)

엄마 : 늦어서 미안하다. 친구들이 와서 이제 왔다. 아이
구 내 딸 (영이를 안아준다. 정미도 안아주고)

영이 : 엄마!, 엄마 친구들은 염치도 없나봐, 나같은 딸
도 없어요? 밤 늦게까지 남의 집에서 놀다니.

엄마 : 그럴수도 있지. 우리 영이가 화가 많이 났구나.
그러나 화를 풀어라 네 어린이날 선물로 삼십오
만원이나 주고 예쁜 옷을 사다 놓았다.

정미 : 영이는 좋겠다. 난 그런 옷이 없는데,

할아버지 : (일어서면서) 삼십오만원이라, 그런 옷을 입
으면 날아 갈거야, 천사의 날개처럼.

천사 : 할아버지, 삼십오만원 많아요?

할아버지 : 삼십오만원이면 우리 세식구가 한달 동안 염
려없이 지낼 수 있지.

영이 : 엄마는 그게 옷이어요? 엄마는 미국에서 들어 온
옷이라면서 삼백만원이나 주고 산 옷에다, 몇 천
만원짜리 코트도 입고, 지금 입고 계신 옷도 이백
만원에 사셨다고 자랑했잖아요?

천사 : 그럼. 몇백만원이나 주고 산 옷은 입으면 날아가
니?

영이 : 천사라면서 날지 못하니 그 옷을 빌려줄까? 입고

날아서 하늘나라로 갈래?

할아버지 : 그렇다고 삼십오만원이라, -(한참후) 그런
데 영이 넌 엄마에게 무엇을 선물했지?

영이 : 선물 없어요. 어버이날이 없었으면 좋겠어.

엄마 : 정미는 선물 받았니?

정미 : 난 컴퓨터를 다시 사주셨어요. 그리고(자랑스럽
게) 난 엄마에게 자가용을 사드리기로 했어요. 아
빠랑. 외삼촌이랑 함께요.

엄마 : 정미는 참 착한 아이구나.

정미 : 천만원이나 주어야 한데요. (신이나서 자랑한
다.)

천사 : 오-, (감탄하면서) 그래야 착한 아이구나.

영이 : 엄마가 좋은 선물 주셨으면 나도 자가용 사드렸
을 것을,

엄마 : 됐다. 가자. 집에서 아빠가 기다리시겠다. (영미
를 끌고 간다. 정미도 퇴장)

영이 : 천사야, 넌 하늘이 집이지? 나 먼저 간다. 거지 천
사야. (퇴장)

천사 : 할아버지 선물은 비싸야 좋은거예요?

할아버지 : 아니다. 좋은 선물은 그 선물의 값에 있는 것
이 아니라, 선물에 담겨진 아름다운 마음이
있어야 한다.

천사 : 하나님께서도 저렇게 비싼 선물을 원하실까요?
　　　세상에서 가장 아름다운 것은 비싸고 큰 것일까?

(자동차가 와서 멈추는 소리, 다시 출발하는 소리)
(정수 등장)

정수 : 할아버지 오래 기다리셨어요?
할아버지 : 아니다. 오늘은 지루하지 않구나. 천사가 내
　　　　　곁에 있었으니.
정수 : (놀라며) 천사라니요?
천사 : 안녕. 내가 천사야.
정수 : 네가 천사라고? 천사가 우리 동네 아이들과 똑같
　　　이 생겼구나.
천사 : 예수님도 세상에 아기로 오셨잖아. 사람으로 오
　　　셨는데, 알아보는 사람이 많지 않았지.
할아버지 : 천사는 천사야. 내 곁에 있으니 내가 마음이
　　　　　편안해.
정수 : 마음이 편안해요?
할아버지 : 그래, 내 자랑스런 손자. 오늘도 고생했다.
　　　　　우리 정수가 있으니 할머니랑 이 할아버지가
　　　　　살지.
천사 : 정수 때문에 살아요?

할아버지 : 그럼. 정수가 일해서 우리 세식구가 먹고 사
　　　　　니까.

천사 : 정수가 일해서 먹고 산다고요?

할아버지 : 자, 이거 받아라. 어린이날 선물이다. (품에
　　　　　서 선물을 꺼내서 준다)

정수 : (받으면서) 할아버지 돈도 없으실 텐데.

할아버지 : 우리 정수 선물을 사려고 이 할아버지도 몇
　　　　　일 일을 했지.

정수 : (받으면서) 할아버지 이것이 무엇이어요?

천사 : 물어보지 말고 풀어봐.

정수 : 풀어봐도 돼요?

할아버지 : 그럼. 풀어 봐도 되지.

정수 : (풀어본다) 이것은 성경책인데, 참 예쁘다. 할아
　　　버지 고맙습니다.

할아버지 : 좋은 것은 아니다. 잘 읽어 좋은 사람이 되어
　　　　　라.

정수 : 할아버지 저도 선물 사왔어요. 자 받으세요. (선
　　　물을 전해 준다.)

할아버지 : 내게도 선물이 있어?

천사 : 할아버지 받아서 풀어 보세요.

할아버지 : 그래 풀어보자(풀어본다) 이것은 시계잖아.

정수 : 마중 나오실 때 시간을 몰라서 빨리 나오시잖아

요. 그래서 하나 샀어요.

할아버지 : 정수야 고맙다. (할아버지가 정수를 껴 안는
　　　　　　다.)

천사 : 하나님. 저도 하나님께 시계를 선물 할까요? 참
　　　　좋은 선물이어요.

할아버지 : 하나님께서 시계가 필요하시겠느냐, 세상을
　　　　　　만드셨는데.

천사 : 그래요 (큰소리로) 그거야. 세상에서 제일 아름
　　　　다운 것은 정수의 마음과 할아버지의 마음, 그 두
　　　　마음을 가지고 하나님께 가면 좋아 하실거야.

정수 : 마음이 제일 아름다운 선물이라고?

천사 : 정수야 내게 좋은 선물을 주었으니 나도 선물을
　　　　하나 주고 갈께. 아침마다 일어나면 너희집 앞에
　　　　예쁜 소나무 끝에 봐 큰 이슬방울이 햇빛에 빛날
　　　　거야. 세상에서 제일 아름다운 선물이야. 자 안
　　　　녕. 다음에 또 만나.

(천사가 퇴장하고 무대는 점점 어두어 진다)

11. 느티나무의 꿈

■ 때 : 1973년 어린이 날과 20년 후의 어린이 날

■ 곳 : 시골 느티나무 아래

■ 나오는 사람 :

철수, 정인, 영식, 인수, 명자

숙희, 영호, 느티나무

✳ 연출자를 위하여

사람이 친구를 위하여 목숨을 버리면 그것보다 더 큰 사랑이 없다고 예수님은 말씀하셨다. 느티나무 아래서 우정을 다짐한 친구들의 이야기가 각박한 현실에 소망을 주고 삶의 힘을 준다.

무대는 단순하다. 느티나무와 의자를 준비하면 되겠고, 등장인물은 아이들이 나올 때는 아이들이, 어른들이 나올 때는 어른들이 분장을 하는 것도 좋을 것 같다. 친구들의 따뜻한 사랑, 지켜보고 기도하는 느티나무, 어른들은 모두 고향의 꿈을 꾸게 하고 잃어버렸던 어린 시절의 약속을 생각나게 할 것이다. 아이들의 노래소리는 합창단이 나와서 부르는 것도 좋겠다. 또 어린이날을 성탄절로 바꾸어 몇군데 고치면 성탄절에 무대에 올릴 수 있을 것이고, 옛날을 생각하고 처음의 믿음을 생각하는 좋은 기회도 될 수 있을 것이다.

좋은 꿈의 무대를 마련해 보기를 빈다.

막이 열리면 무대 가운데 큰 느티나무가 서 있고, 그 나무아래 쉴 수 있는 나무의자가 여기저기 있다.

느티나무 : (목소리만) 하나님. 하나님께서 이 세상을 만드셨지요? 나같은 나무도 만드시고 짐승도 만드시고 사람도 만드시고 그리고 함께 살아가라고 말씀하셨지요, 그런데 이세상은 잘못되어 가고 있어요. 미워하고, 욕하고, 혼자만 잘 살겠다고 해요. 살기 좋은 시골은 날마다 떠나는 사람이 있어요. 저도 떠나고 싶지만 갈 수가 없어요.

(아이들의 노래소리)
나의 살던 고향은ㅡ.

느티나무 : 사람들이 고향을 잃어버렸어요. 조금 지나고 세월이 가면 고향이 무슨말인지 모를 것입니다. 그 때가 되면 아이들이 부르는 고향 노래도 잃어버릴 것입니다.

(다시 노래소리가 들린다.)
고향땅이 여기서 얼마나 되나ㅡ.

(노래소리가 작아진다.)

느티나무 : 하나님 그래도 늘 감사드립니다. 저에게 많
은 친구를 보내주셨습니다. 그런데 그 친구
들이 모두 떠난다고 합니다. 서울로 가고, 도
시로 간데요.…… 네?. 뭐라고요. (사이) 네
－에. 서울에 가면 숨을 쉴 수가 없어서 죽게
된다구요 그래도 좋아요. 서울에 가고 싶어
요.

(아이들 떠드는 소리가 들린다.)
(철수, 정인이 등장)

철수 : 모두 먼저 갔는데 아직 안왔잖아 어디로 숨었나?
정인 : 글쎄, 오다가 어디서 놀다 오나보지.
철수 : 곧 올거야. 우리 나무 뒤에 숨어 있다가 놀래주
자.

(둘이서 나무 뒤로 숨는다)

명자 : (등장) 철수랑 정인이랑 갔는데. 어디로 갔지?
(의자에 앉는다) 참 정든곳인데, (한숨 쉰다) 친

구들에게 뭐라고 말하지? (또 한숨을 쉬고 일어
서서 느티나무를 바라본다) 느티나무야. 내가 말
하기 어려우니 네가 전해줘. (한숨을 쉬고) 내가
서울로 이사가게 됐어. 난 이사가기 싫은 데 할머
니 모시고 가야해. 할머니 병이 더 심하시니까.
(가방을 맨다) 할머니에게 가봐야 하거던. 꼭 친
구들에게 전해줘. (퇴장)

철수 : (정인이와 나오면서) 명자가 이사간다고?

정인 : 그래. 분명히 서울로 이사 간다고 했어.

철수 : 친구들이 모두들 이사가면 어떻게 하지?

정인 : 우리 아버지도 농사일 해봐야 손해만 난다고, 빚
만 진다고 빨리 도시로 나가야 한다던데. 이사 갈
것 같은데.

(아이들 떠드는 소리가 나고, 영식이, 인수, 숙희 등장)

영식 : 야ー, 여기서 뭘하고 있어? 그 명청한 얼굴로.

철수 : 이사간데.

인수 : 누가 이사를 간다고 그래?

정인 : 명자가 할머니 모시고 서울 부모님에게.

철수 : 정인이도 촌에서 못살겠다고 이사간다고 했데.

인수 : 중학교 가기전에 모두 이사가겠구나.

숙희 : 명자는 부모님이 계신 곳으로 이사해야 해. 그래
야 명자가 편할거야. 그런데 언제 이사간데?

철수 : 곧 갈 것 같은 데. 우리가 미안해서 말도 못하고
있나봐.

영식 : 명자 이사가기 전에 허수아비의 외출 팀이 모두
모이자, 모여서 이야기하자. 송별식도 하고.

정인 : 그래야 되겠지. 하고 싶은 말을 다 해야 명자도
편할테니.

철수 : 그럼 내일 만나자. 여기서.

모두 : 그래, 그럼 내일 만나자.

(모두 퇴장한다. 무대가 어두워졌다 다시 밝아진다)

느티나무 : 하나님 허수아비의 외출이란 연극으로 친구
된 아이들이 흩어진데요. 동네에서 살던 친
구들이 떠나간데요. 아이들이 없는 농촌이
될것 같습니다. 하나님 좋은 친구들을 보내
주세요.

(아이들이 떠드는 소리, 노래소리가 들린다.)

느티나무 : 하나님 헤어지는 아이들 마음속에 함께 계셔

주세요. 영원히 좋은 친구들이 되게, 지켜주
세요.

(아이들 모두 등장)

철수 : 모두 다 잘 왔으니, 자. 막을 올려 봅시다. 허수아
비의 외출 마지막 장면을 다시 보시겠습니다.

(모두 책가방을 두고 의자에 앉는다)

영호 : (일어서서 주정뱅이 흉내를 낸다) 어ㅡ, 취한다.
난 주정뱅이요. 세상에서 제일 좋은게 술이요.

영식 : 잘한다. 역시 최고야.

영호 : (돌아보며) 뭐가 최고야. 술주정 부리는게 최고
야?

영식 : 아니야. 네가 하는 연기가 최고야.

정인 : 계속해.

영호 : (자세를 바로하고) 지난번 우리 학교 연극 경연
대회에서 최우수상을 받은 허수아비의 외출에서
주정뱅이 아저씨로 나왔던 영호입니다. 우리는
친구를 떠나 보내면서 서로 약속을 하기로 했습
니다. 우리들의 영원한 친구 느티나무 아래서 저

는 우리 아버지처럼 술취한 사람. 술없이 못사는
사람들을 치료해 주는 의사가 되겠습니다. 그래
서 우리 아버지부터 치료하겠습니다. (돌아보고)
어때 나 잘했나?

(모두 박수를 친다. 명자가 일어선다.)

명자 : 참, 잘했어요. 내 차례지? 친구들아 미안해. 먼저
고향을 떠나려고 하니 마음이 슬퍼, 연극에서 병
으로 고생하는 할머니를 모시는 역활을 했지만,
우리 할머니가 몹시 아프셔, 내 힘으로 할머니를
도울 수 없어서 서울 부모님께 가는거야. (거룩한
음성으로) 친구들이여, 이해하고 용서하기 바란
다. (자기 목소리로) 난 열심히 공부해서 할머니
처럼 병으로 고생하시는 여러분을 위하여 일하는
간호원이 되겠습니다. (자리에 앉는다.)

모두 박수를 친다.

영호 : 간호원이 되면, 내 병원에 와서 일해라. 내가 많
이 봐줄테니.

(모두 웃음)

철수 : (일어서서, 나오며) 난 처음부터 농부의 자식이
였어. 그리고 난 농촌이 좋아, 생명을 키우는 일
이니, 연극에서도 농부의 아들로 나왔잖아, 난 고
향을 지키고 살거야. 느티나무가 서 있는 한 나도
굳게서서 고향을 지킬테니. 염려 말라고, (두손을
들고 큰소리로) 나는 고향을 지킨다. (돌아보고)
어때 실감나지.

(모두 박수. 철수가 자리에 앉는다.)

정인 : (일어서며) 그래, 실감난다. 나는 허수아비입니
다. 지난번 연극에서 주인공역을 했어요. 그런데
우리 아버지가 자꾸 서울로 가자고 합니다. 서울
에 가서 살면 여기서 사는 것보다 좋을 거라고요.
할 수 없이 저도 따라 가야지요. 촌에만 사는 허
수아비가 서울 구경하고 서울 허수아비가 되어야
할 것 같습니다. 저는 검사가 되고 싶어요. 그래
서 허수아비 보다 못한 사람들을 정신차리게 하
고 싶어요. (돌아보고) 박수 좀 쳐라.

(모두 박수)

숙희 : (일어서서 나오며) 우리 어머니가 선생님으로 이
　　　곳에 오신지 5년이 지났어요. 어머니께서 발령을
　　　받으셔서 가셨으니 저도 따라 가야지요. 저는 우
　　　리 어머니처럼 좋은 선생님이 되겠어요. 여기 우
　　　리가 다닌 학교에 와서 가르치겠습니다. (자리에
　　　앉는다.)

(모두 박수)

영식 : 숙희는 멋쟁이. (일어서서 나온다.) 그럼 나는 교
　　　장 선생님이 되어서 와야겠군. (웃음) 저는 교장
　　　보다 대학 교수가 되고 싶습니다. 농촌을 살리고
　　　고향의 꿈을 키우는 연구를 하겠습니다. 내가 어
　　　른이 되면 살기좋아 질 것입니다. 그때까지 참고
　　　기다리세요. (자리에 앉는다.)

인수 : (일어서며) 모두의 꿈이 좋습니다. 나도 좋은 꿈
　　　을 키우렵니다. 나는 돈을 많이 벌고 싶어요. 큰
　　　부자가 되겠어요. 여러 친구들도 도와주고 모든
　　　사람들을 도와주면서 살고싶어요.

정인 : 우리 친구, 부자 친구에게 박수를 보냅시다. (모

두박수)

인수 : 모두 꿈을 이야기 했으니 그 꿈을 이루려면 10년
은 넘어야겠다.

숙희 : 십년이 뭐야, 더 걸리지.

명자 : 그러지 말고, 우리의 꿈이 20년후에 이루어 질것
이라 생각하고 20년후 어린이날에 여기서 만나자
그 동안 열심히 공부하고 돈도 벌고.

철수 : 그게 좋겠다. 그럼 20년 후다.

(모두 손을 한곳에 모아 꿈을 이루기 위한 다짐을 한다.)

모두 : 20년후 어린이날에.

(무대가 어두워졌다 밝아진다.)

느티나무 : 해마다 오월이 오면, 내 잎이 곱게 피면, 그
때 그 아이들이 보고 싶습니다. 이제는 어른
이 되었겠지요. 농부가 되겠다던 철수가 어
른이 되어 장가도 갔으니 모두 꿈을 이루었
을 것입니다. 내가 20년 동안 하나님께 기도
했으니.

(아이들의 노래소리)
나의 살던 고향은 꽃피는 산골—

느티나무 : 이 노래가 어디서 들려오지. (사이) 아무리
        둘러봐도 어린이들이 보이지 않는데. (한참
        후) 어린이가 자라서 어른이 되지만 난 어린
        이가 좋아요. 어린이의 노래를 들으면 나도
        신이나서 춤을 추지요. 그런데 요즘에는 아
        이들의 노래를 들을 수 없어요.

(경운기의 시끄러운 소리)

느티나무 : 그때 그 아이들이 살았던 그때가 좋았습니다.
        들녘에 아이들의 노래가 들리는 그때가, (한
        참후) 그런데 지금은 아이들의 노래소리가 없
        어서 날 슬프게 합니다.

(바람소리, 뻐꾸기 소리)
(어른이 부르는 노래소리)
나의 살던 고향은 꽃피는 산골—.
(철수가 어른이 된 농부모습으로 등장)

철수 : 20년이 지났는 데 친구들이 얼마나 변했을까? 오늘이 어린이날인데 만날 날을 잊지는 않았겠지, (느티나무 밑 의자에 앉는다.) 여기서 기다릴게 아니라 친구들 마중이나 갈까? (퇴장)

인수 : (등장. 남루한 옷차림) 친구들이 얼마나 기다릴까 하고 왔는데, 아무도 안왔군, 여기서 기다리자. (나무 밑에 그냥 앉는다. 밀집모자를 눌러쓰고, 나무에 기대어 잠을 청한다) 느티나무야. 넌 변함이 없어, 날 알아보겠지. 친구들은 날 알아보지 못할거야. 거지 같아서, 내가 부자가 되겠다던 인수야, (잠시 말을 그쳤다가) 난 괜찮아, 거지가 되었어도 즐거우니까. (친구들이 오는 소리) 친구들이 오나보다. 느티나무야 가르쳐주지 마. (밀집 모자를 더 눌러쓰고 몸을 움추린다.)

(숙희, 영호, 명자, 철수 등장)

철수 : 자. 봐. 느티나무는 변함이 없어, 늘 푸르고 넓은 손을 펴서 우리를 기다린거야. 난 이 나무 밑에서 너희들을 생각했어.

영호 : (잠자는 인수를 보고) 누가 저기 있지?

숙희 : 거지잖아. 생각하지마, 우리 이야기를 해.

영호 : 그래, 난 늘 느티나무를 생각했어. 느티나무가 있
　　　 었기에 우리의 꿈이 이루어졌을거야. 난 금년에
　　　 야 전문의 자격을 얻었으니.

숙희 : 그 젊은 나이에 전문의 자격을 얻었으니 그 실력
　　　 알아줘야지. 난 우리 약속도 지키고 공기도 좋은
　　　 곳에서 살려고 여기서 가까운 학교로 왔지, 우리
　　　 가 졸업한 학교에는 내년쯤 올 수 있을거야.

명자 : 나도 이곳으로 오고 싶어. 시골에 있는 진료소에
　　　 근무할 수 있는 시험에 합격했으니 올 수 있을거
　　　 야. 모두 모여 살면 재미있겠다.

철수 : 모두 너무 변했어 내가 마중 나갔을 때 몰랐잖아.

명자 : 그래서 남의 여자 얼굴을 그렇게 쳐다봤어

숙희 : 아이들이 보는데서 반갑다고 그렇게 인사하는 법
　　　 이 어디있어?

영호 : 그럴수도 있지. 너무 반가워서

영식 : (등장하면서) 모두 잘 있었어?

영호 : 아니 이게 누구야. 영식이 아니야?

숙희 : 그래. 영식이 맞다. 참 멋쟁이다.

　　　 (모두와 인사 나눈다.)

영식 : 멋장이가 아니야. 보기에는 그렇겠지, 난 교수가

되려고 했는데. 학교 다닐 때 데모하다 들어가서
고생했거든. 그래서 교수는 못되고, 큰 회사에 다
니지. (불안해 한다.)

철수 : 왠일이야. 불안해 하고, 누구에게 쫓겨 다니니?

영식 : 아니야. (애써 감춘다)

정인 : (등장 하면서) 불안해 하겠지. 자, 나야. 허수아
비가 등장한다. 우리 친구들 안녕.

철수 : 어서와, 멋진 어른이 되었구나

(도두와 인사 나눈다.)

영식 : 난 정인이 얼굴 보기에 미안해.

정인 : 그 이야기는 여기서 하지말자. (잠시후) 난 많은
사람들이 존경하는 고등고시에 합격해서 검사가
되어서 일한지 3년이나 되었어. 모두가 보고 싶었
지만 오늘을 기다렸지.

영식 : 친구들아 난 ─. 미안해 이런 자리에서 이런 이야
기 하기가.

정인 : 그말 하지말자 모두 만났는데.

영식 : 아니야. 말을 해야지. 넌 날 따라서 여기까지 왔
잖아.

정인 : 널 따라 오다니 그게 무슨 말이야.

숙희 : 무슨 말을 하는지, 둘이 암호로 말하지 말고 시원
하게 이야기 해.

영식 : 정인이는 날 잡으려고 여기까지 왔어. 난 알면서
여기에 오도록 했고,

명자 : 무슨일을 저질렀니?

영식 : 내가 죄를졌거든.

정인 : (결심한듯) 모두 이야기 하지. 친구들에게는 미
안하지만, 난 우리가 만나는 날을 잊었어. 영식이
가 큰 회사에서 일하면서 회사 돈을 많이 썼어.
그런데 그 조사하는 일이 내게 넘어왔어. 난 돈을
찾기 위하여 따라 내려 왔지. 너희들을 보니 부끄
럽다. 친구를 도와주지 못하고 잡으려고 내려왔
으니.

영식 : 그래. 잡아가. 그렇지만 오늘은 지나고 잡아가라.

정인 : 돈을 찾으면 돼. 그러니 돈 있는 곳을 가르쳐 줘.

영식 : 내가 감옥에 가지 돈 쓰는 곳을 가르쳐 줄 수 없
어.

정인 : 그러면 일이 어려워 내가 어떻게 친구의 손에 수
갑을 채우겠니.

영호 : 회사 돈을 얼마나 썼는 데?

정인 : 지금까지 밝혀진 돈은 3억정도 인데 더 많을거야.

명자 : 그럼 그 돈을 갚으면 되는거야?

정인 : 그래. 돈만 있으면 되지. 너희들이 대신 갚아 줄
거야?

명자 : 내게 그런 돈이 어디있어?

영식 : 돈은 필요해서 썼고 돈 많은 사람, 거짓말 하고,
속이고, 땅사고, 팔아서 번돈 쓰면 어때?

정인 : 그렇게 말하지마. 그게 다 네가 번 돈이니?

철수 : 그만해. 3억 정도라면 내가 갚아주지. 내 땅을 다
팔면 그정도 될거야.

정인 : 뱃장 좋구나. 땅을 팔아서 친구 빚을 갚아 준다
고?

숙희 : 그건 어려워. 요즘 누가 땅을 사니 재벌이면 몰라
도.

영호 : 내 재산이 얼마나 되나 나도 얼마 보태줄 테니 모
두 모아보자.

정인 : 모두 자선사업 하기로 했어? 그런 돈 있으면 보약
이나 잡수시고 오래 살라고.

영식 : 그럴 필요없어. 나 한사람 도둑놈이면 되는데 모
두 같은 도둑놈이 되고 싶어? 그리고 몇개월 아니
면 2년정도 감옥에 있으면 그만인데, 신경 쓰지
마.

명자 : 감옥에 가는 것을 우습게 알고 있구나.

영식 : 눈뜨고 코베가는 세상, 속이고 도적질 하는 사람,

허가난 도둑놈이나, 뒤봐준 사람이나, 다 마찬가
지야. 그런 돈을 도적질해도 도둑놈이 되는 것은.

인수 : (기지게 켜며) 야ー. 이 친구들아, 다 잘난줄 알
　　　았으니 조용히 좀 하라고 인수 잠 못자겠다. 그까
　　　짓 3억 도적질 했다고 친구를 그렇게 해도 되는거
　　　야? 내가 해결해 주지. (일어선다) 멋지고 예쁜
　　　옷 입으면 잘난 친구고, 알아보고, 인사하지만,
　　　나같은 거지 친구는 눈에 안보이니? 왜 인사가 없
　　　어.

　　　(모두 인수의 모습을 보고 뭐라고 말을 못한다.)

인수 : 왜이래? 모두 벙어리가 되었나?

정인 : 넌 어쩌다 그 꼴이됐니?

인수 : 내 꼴이 어때서, 네 꼴보다 낫다고 생각하는데.

영호 : 그 꼴에 돈이 어디있어? 뭐 돈을 준다고?

인수 : 야, 의사 친구, 마음부터 고쳐야지 거지가 돈 있
　　　으면 안되니?

명자 : (손을 내밀려) 그래 네 말이 맞다. 거지라도 내
　　　친구 인수가 틀림없어. 반갑다.

인수 : 그래 (손을 잡으며) 명자 네가 사람 같구나.

철수 : 너 어떻게 된거니?

인수 : 내 꿈? 난 진실한 친구를 찾고 싶었지. 비록 거지 꼴이지만 친구들이 알아볼 줄 알았지. 그런데 사람 취급도 안하잖아.

숙희 : 난 왠 거지가 낮잠자나 했지, 요즘에 얻어먹는 사람도 없는데.

정인 : 그래, 그 꼴에 누구를 도와준다고 그래.

인수 : 웃기고 있네, 모두들 오다가 고개위에 멋진 자가용 봤지. 운전수가 낮잠자고 있었을거야. 그게 내 차야. 너희들 잘 알겠지 요즘 세계 시장에서 제일가는 컴퓨터 제품 평화 컴퓨터 그게 내거야. 부자되기 쉽던데, 그리고 정인이 높은 자리에 있을 때 친구들 도와줘라. 영식아 넌 돈 걱정하지마. 내가 내려오면서 그 돈 회사에 넣어두고 왔으니, 양로원 시설을 현대식으로 할려면 돈이 더들겠더라. 그래서 2억 정도 더 주고 일을 잘해 주라고 했지.

영식 : 아니 그것을 네가 어떻게 아니?

인수 : 난 잘 알아 모두의 사정을, 특히 영식이 너를, 오고 갈데 없는 노인들, 병들고 죽어가는 노인들을 위해 회사 돈을 썼던 것을, 그리고 이젠 우리 회사에 와서 일해라. 다 네가 책임져야 해. 난 여기 의사 선생님이랑, 간호원 아줌마, 학교 선생님, 농부 아저씨랑 모두 힘을 합쳐서 그 양로원을 최

고의 행복의 집으로 만들테니.

영식 : 최고의 컴퓨터 회사라 (혼자 중얼 거린다.) 좋다. 내가 한번 해보지 내 전공이니까.

정인 : 영식아 미안해. 친구들아 정말 미안해. 내가 부끄럽다. 난 내가 제일 잘 난 줄 알았는 데.

영식 : 난 도둑질한거야. 사실이야. 난 도둑놈이야. 도둑놈을 사장 시켜준다고 하잖아.

철수 : 그러니까. 우리들은 친구지 자 약간의 오해들을 풀라고 인수가 일하는 그곳에 모두 일거리가 있을것 같군. 우리들의 20년 후를 생각해서 일어서서 새출발 하자고.

명자 : 그래. 우리 과거에 살지말고 내일에 살자고, 모두 철수네 집으로 가자 우리 만남의 잔치상이 준비됐으니. 먹고 이야기 하자구.

모두 웃으며 손을 붙잡고 퇴장

느티나무 : 하나님 내 친구들 얼마나 멋져요. 이제 기도하는 마음으로 20년을 더 기다리겠습니다. 우리 친구들의 좋은 소원을 이루어 주세요. 꼭 이루어 주세요. 20년 후에 그날을 기다립니다.

(아이들의 노래소리)
고향땅이 여기서 얼마나 되나 —
(므대가 노래소리 따라 점점 어두워진다.)

12. 감사하는 사과나무

■ **때 :** 어느해 가을 추수 감사절에
■ **곳 :** 교회 마당
■ **나오는 사람 :**

　사과나무(목소리로), 아이, 소녀
　제인, 농부, 신사, 아주머니

❋ 연출자를 위하여

추수감사절은 농경 사회에서 특별한 의미를 가지고 있지만, 산업사회, 도시화로 점차 감사절의 의미를 잃어가고 있다. 하나님께 드리는 감사절이 아니라. 인간에게 드리는 감사절이 되어진 오늘날 참된 감사의 뜻을 찾기 위하여 무대에 한번 올려보면 좋겠다.

무대 장식은 사과나무를 중심으로 의자가 있으면 되겠고, 사과나무의 목소리는 여자의 고운 음성이면 좋겠다. 가난한 이름없는 아이의 모습으로 교회에 찾아오신 예수님을 통해서 오늘 우리의 모습을 보게 하고 참된 감사의 의미를 찾아야 하겠다.

천둥소리, 바람소리, 감사 찬송등은 미리 녹음해서 쓰는 것이 좋을 것 같다. 이번 감사절에 한번 무대에 올려 감사의 예로 함께 참여하면서 하나님께 영광 돌렸으면 좋겠다. 대상은 국민학교 학생이나 중·고등학교 학생회원도 좋지만 배역에 따라 온 교우가 참여해서 함께하면 더욱 좋겠다.

무대 가운데를 사과나무가 서 있고, 사과가 달려있다. 사과나무 밑에는 긴 의자가 있고 오른편으로 교회의 정문이 보이고 다른 편에 교회 현관이 보인다.

막이 열리면 가운데 있는 사과나무에 밝은 빛이 비친다. 감사절의 종소리가 울리고 교회에서 감사절 찬송소리가 크게 들렸다 차츰 작아진다.

아이가 힘없이 걸어들어 온다. 무대를 둘러보고 사과나무 밑에 있는 의자에 주저 앉는다.

사과나무 : (목소리만) 하나님 감사합니다. 또 한해를 지냈습니다. 보호해 주신 하나님 감사합니다.

아이가 사과나무를 쳐다본다. 감사절의 찬송소리가 들렸다. 차츰 작아진다.

사과나무 : 하나님. 금년에는 너무 비가 오지 않아서 죽는 줄 알았습니다. 모두 말라서 숨을 돌려 쉴 때 우리가 말라가는 연약한 손을 들어 기도드릴 때 하나님께서 우리의 기도를 들어 주시고 우리에

게 단비를 주셔서 소생하도록 도와주셨습니다.
하나님 감사합니다.

바람소리가 들린다. 아이가 사과나무 끝에 달린 사과를
쳐다본다.

사과나무 : 하나님, 한가지 더 부탁드릴게 있어요. 사람
         들의 말을 알아듣고 사람들처럼 말을 할 수
         있었으면 좋겠어요. 오늘 하루 뿐이라고 해
         도요.
아이 : (일어서며) 사과나무야 말하고 싶지? 나처럼 큰
       소리로 말하고 싶지?
사과나무 : 어떻게 내 말을 알아들었지. 사람들은 내 말
         을 알아듣지 못하는 데?
아이 : 난 알아들을 수 있어.
사과나무 : 어떻게?
아이 : 난 하늘에서 왔거든.
사과나무 : 하늘에서?

아이는 고개만 끄떡이고 다시 의자에 앉는다. 그리고 말
이 없다.

사과나무 : 하나님 감사합니다. 그 긴 봄가뭄을 이기고
         잎을 피우게 하셨고 꽃을 피게 해 주셨습니
         다.

  천둥소리, 바람소리, 소나기 내리는 소리, 아이들이 떠드
는 소리, 농부들의 흥겨운 노래 소리가 무대를 채운다.

사과나무 : 하나님 이렇게 크고 예쁜 교회를 보셨어요?
         난 세상 구경을 안했지만 내 앞에 와서 쉬는
         사람들이 모두 크고, 예쁜 교회라고 했어요.
         하나님 난 이 교회에서 살게 된 것을 감사드
         립니다.
아이 : (사과나무를 쳐다본다.) 사과나무야 배가 고프
      다.
사과나무 : 참. 내가 잊고 있었구나. 배가 고파서 그렇게
         힘이 없니?
아이 : 그래. 아무도 먹을 것을 주지 않아서 몇일을 먹지
      못했어.
사과나무 : 그럼 내 열매를 줄테니 먹어 봐 특별히 맛 있
         을 거야. 모두 맛있다고 해 그래서 나도 알
         아.
아이 : (사과를 하나 따서 입에 넣고) 참 달고 시원하다.

사과나무 : 기분이 참 좋은데 내 말을 알아 듣는 친구를
　　　　　만났고 말할 수 있고, 칭찬도 듣고.
아이 : 모두 하나님의 은혜니 은혜에 감사해야지. 참, 몇
　　　게 더 먹어도 되겠니?
사과나무 : 그럼. (아이는 사과 하나를 더 먹는다. 다 먹
　　　　　고 난 것을 보고.) 내 부탁 하나 들어 줄래?
아이 : 그럼. 맛있는 사과를 주었는 데 부탁해 봐.
사과나무 : 내 사과를 많이 줄테니 감사 재단에 가져다
　　　　　줘. 난 걸어다닐 수도 없고, 교회에 들어 가
　　　　　지도 못하니.
아이 : 그래. 그런 일이라면 얼마든지 할 수 있지. 그런
　　　데....
사과나무 : 왜? 아직 배가 고프니?
아이 : 아니야. 내 옷이 더러워서.
사과나무 : 더럽기는 내가 보기에 깨끗하고 예쁜데?

　아이는 말없이 사과를 모아 의자 곁에 있는 바구니에 사
과를 예쁘게 담아 일어선다.

아이 : 그럼. 제단에 두고 올께.

　소녀가 등장한다.

소녀 : 넌 누구니? 어디를 들어가니?

　아이는 소녀를 본다.

소녀 : 교회 안에 있는 사과를 담아서 어떻게 할려고 하니?
아이 : 감사절 예배 드리는 제단에 놓으려고.
소녀 : 네 맘대로 사과를 가지고 가니?
아이 : 내 마음대로가 아니고, 사과나무가 원해서.
소녀 : 넌 농담도 잘 하는구나. 사과나무가 말하니?
아이 : 그래, 분명히 사과나무가 내게 부탁했어.
소녀 : 너 참 웃기는구나. 사과나무가 말했다고? 그리고 교
　　　회 안에 있는 사과나무에서 따가지고 제단에 바친다
　　　고? 그러면 하나님이 받으실까?
아이 : 하나님이 받으시지. 분명히 받으실거야.
소녀 : 네가 하나님이니? 그렇게 장담하게.

　만석이가 큰 호박을 들고 들어온다.

만석 : 아이구 무거워. (아이에게) 야―. 보고만 있으면
　　　어떻게 해. 와서 거들어 주어야지?

아이는 사과를 의자 위에 두고 가서 호박을 받아와 의자
에 올려 놓는다.

만석 : 난 무거워서 죽는 줄 알았다. 받아 줄 사람이 없
  어 쉬지도 못하고. 부지런히 왔더니 땀으로 목욕
  을 했다.

소녀가 만석이의 말에 참견을 하고 나선다.

소녀 : 그 무거운 호박은 왜 들고 왔니? 바보처럼.
만석 : 왜 들고 왔니? 바보야 그것도 몰라. 감사절이니까
  들고 왔지.
소녀 : 하나님이 호박을 먹고 싶다고 하시더냐? 왠 호
  박?
만석 : 넌 추수 감사절의 뜻도 모르니. 추수 감사절은 추
  수 할 수 있도록 도와 주시고 은혜 주시는 하나님
  께 감사하는 거야.
소녀 : 바보야. 누가 그것을 모르니. 그것은 옛날이야.
아이 : 그럼. 요즘에는 어떻게 드리는 데? 추수 감사절은
  햇빛을 주신 하나님, 철따라 비를 내리신 하나님,
  사람들을 사랑하시여 특별히 양식을 주시는 하나
  님께 감사하는 거야.

만석 : 그분은 여호와시니 오직 그분께 감사하라.

소녀 : 그래. 그래서 너희는 그런 복을 받았니. 옷도 변변치 못한 옷을 입는 그런 복을?

만석 : 내가 어때서? 난 내가 사는 것이 제일 행복하다고 생각해. 나를 사랑하시는 하나님이 계시고, 걱정해 주시는 어머니, 또 건강하셔서 일 잘 하시는 아버지, 동생들, 그것보다 더 행복이 어디있어?

소녀 : 그래. 많이 행복해라.

만석 : 난 호박만 보면 하나님의 손을 느끼지. 자라고 꽃피고 열매 맺는 것을 보면 참 신기해. 그것을 모르는 사람은 행복이 무엇인지 모르지.

소녀 : 난 호박을 심지 않아도 일하지 않아도 복을 너무 많이 받아서 걱정이야. 척 보면 모르겠니.

아이 : 잘 모르겠는데. (사과나무를 보고) 넌 어떻게 생각하니?

사과나무 : 나도 잘 모르겠어. 심고 가꾸는 기쁨을 모르면 하나님의 솜씨도 모를거야.

소녀 : (사과나무를 보고 이상한듯) 이상하다. 사과나무가 말을 하니?

제인이 등장. 깨끗하고 예쁜 옷을 입고, 노래 부르면서.

제인 : 멍청하게 나무가 말을 하다니?

소녀 : 아냐. 난 분명히 들었어.

제인 : 참. 자동차를 보내라고 했는 데 (밖을 보고) 아저
씨 한시간 후에 다시 오세요. 시간이 늦으면 안되
요 (소녀에게) 여기서 사과나무 타령이나 하지
말고 들어가자.

소녀 : 여기봐. (아이와 만석이를 향하여) 거지처럼 해
가지고 사과를 따서 들고 들어가고, 어디서 호박
을 따가지고 와서 들고 들어간다고 큰소리 치잖
아.

제인 : 하나님이 호박을 먹고 싶다고 했나? 너희들 어디
서 왔니. 추수 감사절을 처음 맞이 하니?

만석 : 제인. 난 몰라? 늘 함께 배웠잖아 생각해 봐?

제인 : 그래 넌 한 두번 본것 같은데. 넌 누구니?

사과나무 : 하늘에서 왔데. (소녀를 보면서 제인이 이상
하다는 표정으로 말한다.)

제인 : 너에게 묻지 않았어. 언제부터 이 아이의 대변인
이야?

소녀 : 내가 아니야. 사과나무가.

제인 : 너 이상해진 것 같다.

만석 : 지난 주일날 우리 선생님이 감사절을 이렇게 지
내야 한다고 말씀하셨잖아. 그래서 호박을 가져

온 것인데.

제인 : 선생님의 말씀은 옛날에 그랬다는 것이고, 지금은 하나님께서도 현금을 좋아 하신다. 그것을 모르니, 너도 현금을 좋아하잖아?

소녀 : (제인이 편이 되어주니 기분이 나서) 호박이 몇 푼이나 된다고, (제인을 보며) 참 넌 얼마나 현금 할거야?

제인 : 엄마는 5만원 하라고 했는 데 아빠가 이름 값을 해야지 하면서 5만원 더 주시면서 10만원 하라고 하셨어.

소녀 : 난 20만원이야.

제인 : 그럼. 나도 10만원 더 달라고 해야겠다.

소녀 : 아니야. 그럴 필요없어. 내가 십만원만 하면되지.

아이와 만석이는 어이없는 표정으로 바라본다. 소녀와 제인이 교회로 가면서,

소녀 : 네 이름은 미국식 이름이라 참좋아. 부르기도 좋고.

제인 : 미국에 계신 고모님이 전화로 지어 주셨어, 하나님이 기다리시나 봐. 어서 들어가자. (퇴장)

만석 : 무슨 말인지 모르겠어. 선생님 말씀이 맞는 것인

지, 정말 하나님께서 현금을 좋아 하실까?

아이 : 아니야. 하나님은 현금을 좋아하시지 않아, 현금이 필요 없으시잖아. 마음을 보시는 거야. 감사하는 마음.

농부 : (커다란 무우를 가지고 등장) 예배 시작 했겠는데 어떻게 전해주지?

만석 : 아저씨 왜 그렇게 서두르세요?

농부 : 아들 녀석이 헌금을 달랬는 데, 돈이 있어야지. 무우를 가지고 가라고 했는 데 그냥 가서 내가 가지고 왔지.

만석 : 아저씨. 하나님은 현금을 좋아하신대요. 그 무우는 여기에 놓으세요. (만석이 무우를 받아다가 의자에 놓는다) 사과, 호박, 무우, 좋은데요.

농부 : 여기서 하나님께 예배드리자.

아이 : 아저씨 왜 돈이 없어요?

농부 : 금년 봄에 비가 안와서 못자리가 다 타버렸어. 심어 놓은 벼들도 말라져 죽었고, 여름에는 구름만 끼고 비는 오지 않는 장마가 들었어. 여름이 지난 뒤에 비가 왔지. 그래도 농부는 땅을 가꾸어야 하지. 그래서 무우를 심었더니 이렇게 크고 좋은 무우가 자랐어, 난 하나님께 감사한다. 좋은 무우를 주셨으니.

아이 : 아저씨 하나님께서는 예물보다 먼저 감사하는 마음을 원하십니다. 하나님을 사랑하는 마음. 작은 것이라도 주신 은혜를 알고, 감사하는 사람에게 더 크고 좋은 복을 주실 것입니다.

농부 : 하나님의 마음을 너무도 잘 알고 있는 것 같은데 어찌 그리 잘 알지?

아이 : 난 하늘에서 왔어요.

농부 : 하늘에서?

신사 : (등장하면서) 뭐 하늘에서 왔다고, 하늘이 어디 있는 데?

농부 : 하늘이 하늘에 있지요. 그런데 진짜, 하늘에서 왔니?

아이 : 그래요. 하늘에서 왔어요.

신사 : 아이들 말에 신경쓰지 맙시다. 그런데, 무우 복을 받았다고 감사한다고 했지요?

농부 : 하나님이 무우 복을 주시지 않았으면 우리 식구는 모두 죽었을거예요. 그러니 감사해야지요.

신사 : 난 무우 복은 못 받았어도 현금 복은 받았는데, 난 무엇으로 감사할까요?

농부 : 받은 것으로 감사해야지요. 마음에서 정한대로.

신사 : 그렇지요. 그래서 천만원을 헌금 할려고 하는 데 겨우 무우 몇개 가지고 감사해요?

농부 : 하나님은 외모를 보시지 아니하시고 마음 중심을
　　　보십니다. 감사하는 마음이 없는 예배는 받으시
　　　지 않습니다.

신사 : 난 감사하는 마음이 없다는 거요? 그렇지 않아요.
　　　늘 하나님께 감사하고 살아요. 내 돈은 다 아깝지
　　　요. 그러나 하나님께 드리는 예물은 아깝지 않아
　　　요.

농부 : 형제를 미워하고 업신 여기는 것도 하나님이 원
　　　하시지 않지요. 예물을 드리기 전에 형제와 화해
　　　하라고 하셨는데.

신사 : 알아요. 그렇지만 무우 몇개는 너무 적은 것 같은
　　　데요?

아주머니 : (등장하면서) 아이구. 늦지는 않았구먼. 겨
　　　　　우 시간전에 왔네. (한숨을 돌리고) 어서 들
　　　　　어가야지.

　아이와 만석이는 사과나무 곁에 서 있고 농부와 신사는
의자 곁에 서 있다. 아주머니의 모습을 보면서 말을 한다.

신사 : 어디에 가십니까?

아주머니 : 교회에 들어 갈려구요.

신사 : 교회는 왜요?

아주머니 : 예배 드리려구요.

신사 : 예배를 드려려면 목욕탕에도 갔다오고 예쁜 옷을
       입고 와야지 이런 꼴로?

아주머니 : 일하지 않으면 안될 사정이 있어서, 그래도
         시간전에 왔잖아요.

신사 : 준비 없는 마음으로 예배에 참석해도 의미가 없
       습니다. 감사절은 미리부터 준비해야지.

농부 : 그 신사양반 아까 목욕탕에 갔다 왔다던데 한번
       더 갔다 와야겠구만요?

신사 : 어디 뭣이 묻었어요?

농부 : 아까는 몸을 씻었지만 이제 목욕탕에 가서 마음
       을 씻어요. 형제를 미워하는 마음 말이요.

신사 : 내가 미워한다니? 누구를?

농부 : 내 집은 만민이 기도하는 집이라 했는데 누가 어
       떤 모습으로 들어가면 어쨌다는거요. 그리고 당
       신이 이 교회의 주인이요?

신사 : 난 이 집 주인은 아니지만.

아주머니 : 그럼, 아무나 들어가도 되지요?

신사 : 그래도, 오늘만은 안됩니다. 오늘은 감사절이라
       특별히 외국에서 귀하신 분이 와서 설교도 하시
       고 외국 손님도 많으니 체면이 있으니 들어오지
       마십시오.

아주머니 : 멀리가서 일하다가 오늘은 꼭 예배에 참석해
          야겠다고 왔으니 들어가게 해 주십시요. 이
          렇게 헌금도 정성껏 준비해 왔는데.
신사 : 오늘은 참으십시요. 그럼.

　신사는 퇴장하고 아이들은 어른들의 얼굴을 바라보면서
말이없다.

아이 : 꼭 교회에 들어가서 예배를 드려야 하는 것은 아
      닙니다. 여기서 감사하는 마음으로 드리면 하나
      님이 받아 주실 것입니다.
만석 : 아저씨, 그렇게 해요. 저도 교회에 못들어 갔어
      요.
아이 : 나도 교회에 못들어 갔어요. 내가 교회의 주인인
      데.
아주머니 : 교회의 주인?

　아이는 살며시 퇴장하고, 농부, 아주머니, 만석은 의자 위
에 호박, 사과, 무우, 헌금 봉투를 놓고 아이를 찾는다.

아주머니 : 아니, 여기 있던 아이는?
사과나무 : 그분은 하늘에서 우리 교회 감사절에 찾아오

신 예수님이었어요.

농부 : 아니 사과나무가 말을 하다니? 왠일이야.

사과나무 : 아까, 그 아이, 아니 하늘에서 오신 예수님이
오늘은 말할 수 있고 말을 알아들을 수 있다
고 했어요. 내 마음을 알아주셨고요.

아주머니 : 정말 그분이 예수님이였어요. 난 그 아이가
말할 때, 가슴이 뜨거운 것을 느꼈어요. 내가
교회의 주인인데 하고 말씀하실 때요.

농부 : 난 그런 것을 느끼지를 못했는 데 참 믿음이 작은
가 봐요.

만석 : 아저씨, 아주머니, 우리 여기서 감사 기도 드려
요. 여기서 예수님을 만났으니.

사과나무 : 진심으로 감사하는 사람 마음속에 살아 계시
고 함께 하시는 주님께 찬양합시다.

만석 : 할렐루야. 주님께 감사하여라. 그는 선하시며 그
인자 하심이 영원하다.

사과나무 : 모든 신들 가운데 가장 크신 하나님께 감사
하여라. 그 인자 하심이 영원 하시다.

농부 : 모든 주 가운데 가장 크신 주님께 감사하여라, 홀
로 큰 기적을 이르키신 분께 감사하여라. 그 인자
하심이 영원하시다.

아주머니 : 지혜로 하늘을 만드신 분께 감사하여라. 물

위에 땅을 펴신 그분께 감사 하여라. 그 인자
하심이 영원하시다.

농부 : 큰 빛을 지으신 분께 감사하여라

아주머니 : 낮을 다스릴 해를 지으신 분께 감사 하여라.

만석 : 밤을 다스릴 달과 별을 지으신 분께 감사하여라.

사과나무 : 우리가 낮아졌을 때 우리를 기억하여 주시고
우리를 건져 주신 그 분께, 원수 앞에서 상을
베풀어 주신 하나님께 감사드리자.

모두 : 그 선하심과 인자 하심이 영원하시다.

사과나무 : 하늘에 계신 우리 하나님께 감사 하여라.

모두 : 그 선하심과 인자 하심이 영원하시다. 할렐루야.

무대 위에 불이 점점 어두워지고 참아름다워라. 감사의
찬송소리가 무대에 점차 크게 들려 온다. 조용히 막이 내린
다.

13. 사랑의 노래

■ **때 :** 1991년 가을 어느날

■ **곳 :** 도시 변두리의 어느 가정

■ **나오는 사람 :**

인정(중학교 3년)　　　　소라(국민학교 6년)

만수(국민하교 6년)　　　엄마, 할머니

수정(국민학교 5년)　　　사랑이.

동수(국민학교 4년)　　　미움이. ^(목소리만)

✻ 연출자를 위하여

사람의 마음에는 사랑과 미움이 함께 존재하고 있다. 사랑이 커지면 상대적으로 미움은 작아진다. 반대로 사랑이 작아지면 미움이 커지게 된다. 사랑과 미움은 아주 작은 차이다. 친구의 딸을 위해 자신을 희생 시키는 엄마와 작은 오해로 사랑보다 미움이 커지는 과정에서 자기와의 싸움을 그린 연극이다.

오해에서 출발한 미움이 사랑의 근본인 희생의 진실을 알게될 때 오히려 더큰 사랑을 하게된다. 사랑의 선생님과 아이들이 한팀이 되여서 연극을 했으면 좋겠다. 무대는 특별한 것은 아니지만 사랑의 엄마 성격과 아이들의 사랑과 정성이 잘 나타내는 무대면 좋겠다.

관객을 참사랑을 깨닫게 하고 잃어 버린 사랑을 다시 찾도록 도와주어야 한다. 가을 어느날이라고 하지만, 성탄절에 무대에 올려도 좋고 가정의 달에 올려도 무방하겠다. 멋지고 아름다운 체험. 그것이 이 연극에 참여하는 아이들 마음에 깊이 새겨질 것이다.

막이 열리면 어두웠던 무대가 밝아진다. 무대는 우리가 볼 수 있는 평범한 가정의 응접실, 또는 마루이다. 특별하게 갖춘 것은 없지만 깨끗이 정리되어 따뜻함을 전해준다.

동수 : (등장하면서) 엄마, 학교에 다녀왔습니다. (머리를 만지며) 참, 엄마가 안계시지, 왜 엄마는 집에 계시지 않고 맨날 나가실까? (가방을 마루에 내려놓고 마루에 앉는다) 엄마가 집에 안계시니 재미없어.

사랑이 : 동수야 난 너를 사랑해, 누구보다 너를 사랑해, 넌 내 소망이야.

동수 : (놀라면서) 엄마 어디 계셔요. 나와 보세요. 목소리만 들려주지 말고요.

사랑이 : 동수야, 난 네 마음속에 있는 사랑이야, 엄마는 너희들을 위하여 오늘도 일하고 계신다. 오직 너희들을 위하여.

동수 : 내 마음속에 있는 사랑?

사랑이 : 그래 난 너의 마음이야, 네가 사랑의 마음을 가지면 사랑으로 가득차, 넌 엄마의 사랑을 가슴에 안고 사는거야.

동수 : 내가 엄마의 사랑을 안고 살아?

미움이 : 아니야. 달콤한 사랑의 말에 속지 말아, 사랑은

늘 사랑하라고 말을 해, 문제는 문제로 보아야
해.

동수 : 이 목소리는 처음 듣는데, 누구야?

미움이 : 난 너의 목소리야, 네가 날 몰라 보면 누가 알
아, 나야 내가 동수야.

동수 : 동수? 그래도 난 처음 듣는 목소리인데.

미움이 : 서운하다. 네가 네 목소리를 모르다니 난 너의
마음이야.

동수 : 그래, 난 동수야. 난 내마음을 제일 잘 알아, 그런
데 넌 처음이야.

미움이 : 난 너의 마음 속에서 살았지만, 이렇게 이야기
하는 것은 처음이야.

동수 : 무슨 이야기를 할려고 해?

사랑이 : 동수야. 미움이의 말을 듣지마. 미움이는 언제
나 미움을 심어주어, 그래서 모든 사람을 미워
하게 만들어.

미움이 : 동수야 잘 생각해 봐. 난 무조건 사람을 미워하
지 않아. 동수 너로 하여금 이 세상을 똑바로
보게 하는거야.

동수 : 난 모르겠어. 왜 내가 나와 싸워야 해.

사랑이 : 동수야 무조건 사랑해. 사랑은 모든 것을 풀어
주고 용서하게 하고, 미움을 덮어서 사랑으로

변하게 해.

미움이 : 아니야. 동수야. 문제는 문제로 봐야해. 그래야 바르게 생각할 수 있어. 바른 생각이 바른 판단을 하게 하는거야, 하긴 아직 어려서 무슨 말인지 모를거야.

동수 : 넌 날 무시하는 거야, 이래뵈도, 난 4학녀이야. 옛날 같으면 장가 갔을거라고, 울 엄마가 늘 말했단 말이야.

미움이 : 맞아, 우리는 어른이야, 자랄만큼 다 자랐어. 그렇지만 생각은 아직 어리잖아.

사랑이 : 동수야, 사랑에는 어리거나, 어른이거나 없어, 그냥 사랑인거야.

동수 : 난 사랑이 좋아, 사랑하고 싶어, 그런데 누구를 사랑하지?

사랑이 : 그럼, 넌 들어오면서 누구를 찾았지?

동수 : 엄마를 찾았지.

사랑이 : 그래. 엄마를 사랑하는 거야. 그래서 엄마를 찾는거야.

미움이 : 아니야, 동수야. 그건 아니야, 아이들은 누구나 밖에서 들어오면 엄마를 찾아 그리고 부르고 너는 아이잖아, 그래서 엄마를 부른거야, 그런데 그것이 전부인 것처럼 말하는 사랑은 잘못

했어.

동수 : 그래, 그 말이 맞아, 무조건. 사랑하는 것은 아니
야.

미움이 : 엄마도 그래, 엄마는 너에게 바라는 것이 많아,
그래서 사랑한거야.

사랑이 : 아니야, 엄마는 무조건 사랑해. 널 사랑해. 그
것은 동수가 아들이기 때문이야.

동수 : 난 누구 말이 맞는 말인지 모르겠어. 난 모르겠
어. (머리를 감싼다.)

미움이 : 그래, 동수 너도 어른이야. 어른 대접을 받아야
해. 알았어? 대접을 해주면 사랑하는 거야.

동수 : 미움이가 아무리 나에게 엄마를 미워 하라고 해
도 난 엄마를 사랑해 난 엄마를 사랑해.

동수가 서서히 자리에서 일어나며,

동수 : 난 엄마를 사랑해.

사랑이 : 그래, 동수야. 네가 엄마를 사랑하는 것처럼 엄
마도 널 사랑해. 이세상 그 누구보다.

동수 : 엄마는 엄마야, 엄마이기 때문에 사랑한거야.

사랑이 : 미움아 물러가라, 이번에는 내가 이겼어 사랑
은 미움을 이길 수 있어.

동수 : 혼자 집에 있기 싫어, 밖에 가서 친구들하고 놀
    자. (퇴장)

　조용한 무대위에 사랑의 노래가 흐른다. 인정이가 등장
한다.

인정 : 엄마ㅡ. 엄마ㅡ. 너무 아파요. 그래서 빨리 왔어
    요. (대답이 없다) 엄마는 집에 안계시지, 엄마가
    없으니 재미없어 내가 아파서 우는 것도, 학교에
    서 오는지도 모르고 일만 아시는 엄마. (짜증이
    나서 서성거린다.)
사랑이 : 인정아, 넌 어렸을 때부터 인정이 많았어. 그래
    서 엄마가 인정이라고 불렀지. 엄마를 생각해
    봐.
인정 : (놀라며) 누구야? 엄마의 목소리를 흉내내며.
사랑이 : 난 네마음 속에 있는 사랑이야, 엄마가 가진 마
    음과 같아.
미움이 : 아니야. 인정아 그 말에 속지마, 달콤한 말로
    속삭이는 그 말에 빠지지마, 엄마가 널 사랑한
    다면ㅡ.
인정 : 넌 또 누구야. 무슨 말을 하는거야.
미움이 : 나도 너의 마음 속에 있는 너의 마음이야. 난

　　　　바로 너야!

인정 : 아니야. 난 아니야. 난 너와 달라.

미움이 : 무엇이 달라. 자 이야기 해 봐. 난 너와 많이 닮
　　　　았어. 너무도 닮았어.

인정 : 그래. 난 엄마를 미워해. 그것도 엄마가 날 미워
　　　　하니까.

사랑이 : 인정아, 난 엄마가 무척이나 사랑한다고 생각
　　　　해. 넌 사랑을 미움으로 보는거야.

인정 : 엄마는 날 사랑하지 않아. 난 엄마와 닮은데가 없
　　　　어. 그래서 미워해.

사랑이 : 인정이 넌 엄마와 닮았어. 얼굴이나 발가락이
　　　　닮은 것이 아니라, 마음. 그 사랑하는 마음이
　　　　닮았어.

인정 : 설교 하지마, 난 엄마를 닮은 곳이 없어.

미움이 : 인정아, 그렇게 크게 말하지 말고 차분히 생각
　　　　해 봐. 엄마가 정말 사랑하는지. 사람들은 사람
　　　　들을 이용하기 위하여 사랑하는 채, 하는거야.
　　　　정말 사랑하는 것은 아니라고.

사랑이 : 아니야, 사랑을 받으면서 그것이 진실한 사랑
　　　　이 아니라고 생각하면 받는 사랑을 져버릴 수
　　　　있지만, 작은 사랑이라도 받으면 쌓여서 큰 사
　　　　랑을 받을 수도 있는 거야.

인정 : 엄마는 날 사랑하지 않아, 아마 날 사랑하지 않으
　　　면서 사랑한 채 할거야, 사랑한다면 내가 원하는
　　　것을 해주셨을거야.

사랑이 : 사랑한다고 원하는 것을 다 해주지는 않아, 어
　　　린 아이가 원한다고 사랑하는 어머니가 칼이나
　　　송곳을 주지 않는 것처럼.

인정 : 아니야, 엄마는 날 미워해. 사랑하지 않아. (인정
　　　이 몸부림 친다.)

미움이 : 인정아, 미움은 그냥 미워 하는게 아니야. 사람
　　　들은 자기 생각 안에서 생각해. 그러나 냉정하
　　　게 생각하면 미움이란 관심이야, 엄마가 너에
　　　게 얼마나 관심을 가지고 있었나 생각해 보면
　　　알지.

인정 : 그래, 난 알아, 엄마는 내게 관심이 없어, 관심이
　　　있다면 내 말을 들어 주고 내 마음도 알아 주었을
　　　거야.

사랑이 : 인정아 생각해 봐. 엄마가 일하지 않으면 누가
　　　돈을 벌고 너희들이 공부하도록 도와주지?

인정 : 엄마는 돈을 벌기 위해서 일하는 것이 아니야. 우
　　　리가 보기 싫으니 일하러 가시는 거야.

미움이 : 인정아 정말 잘 봤어, 그것이 진실이고 현실이
　　　야.

인정 : 그래, 난 엄마를 사랑하지 않고 믿지도 않아.

사랑이 : 그렇게 말하는 인정이는 아직도 엄마를 많이
　　　　사랑하고 있는거야, 그것을 인정해야 해.

인정 : 아니야, 난 사랑하지 않아. (인정이가 몸부림 친
　　　　다.)

　무대위가 어두워졌다 밝아진다. 수정이가 콧노래를 부르
며 등장한다.

수정 : 엄마 학교에 다녀 왔습니다. (대답이 없자) 참 그
　　　　렇지 엄마는 일하러 나가셨지. 동수도 안 왔나.
　　　　집안이 너무 조용해서 싫어. 친구나 만나러 가야
　　　　지. 아니 그게 아니고 청소하고 손 발 씻어야지.
　　　　엄마가 들어 오시면 칭찬 하실거야. (엄마 목소리
　　　　흉내내며) 수정아 참 잘했다. 역시 넌 내 멋쟁이
　　　　딸이야 마음에 들어.

미움이 : 청소 했다고 멋쟁이가 되니?

수정 : 넌 누군데 내 흉내를 내지?

미움이 : 나? 난 너야. 지금까지 너와 함께 살아왔잖아.

수정 : 난 널 몰라. 그런데 같이 살아왔다고.

미움이 : 난 네 마음 속에서 지금까지 생각하고 살아왔

어. 엄마 때문에 속상할 때, 그때마다 내가 네
게 말했는 데.

수정 : 뭐라고 말했니?

미움이 : 엄마는 미워, (사이) 또 엄마는 내가 보기 싫어
서 나만 꾸중해.

수정 : 그 때는 화가 나서 그런거야.

미움이 : 그래, 그 마음이 바로 나야.

사랑이 : 수정아 넌 생각이 참 깊은 아이야.

수정 : 넌? - 누구니?

사랑이 : 나? 사랑이야, 나도 네 마음속에서 늘 사랑하며
살도록 말 해주고, 도와줬잖아.

수정 : 그래, 그럼 내 사랑의 마음이니?

사랑이 : 그래, 지금. 청소해서 엄마에게 칭찬 받고 싶은
그 마음이 바로 나야.

미움이 : 아니야. 네 마음에는 나도 있어.

수정 : 내 마음이 두 마음이다. 맞아, 두 마음이야. 사랑
하는 마음, 미워하는 마음 그렇지만, 미워하는 마
음은 아주 작아 사랑하는 마음은 크고.

미움이 : 그럴까? 사랑하는 마음이 아무리 커도 미운 생
각이 일어나면 그 사랑의 마음은 모두 지워지
는 거야.

수정 : 그럴 수 있을까?

사랑이 : 수정아, 그렇지는 않아, 미움이 말대로 순간적
       으로 모두 없어 질 수 있을거야. 그러나 미움의
       순간이 지나면 다시 사랑으로 가득차게 되는
       것을 알아야지.

수정 : 그래. 맞아 내 마음은 사랑의 마음이야. 엄마가
      늘 말씀하셨어. 얼굴은 안 예뻐도 마음이 예쁜 사
      람이 훨씬 더 좋은 사람이라고.

미움이 : 수정아, 그래서 얼굴이 못 생긴 아이와 친구하
       니?

수정 : 난 안예쁜 친구가 없어.

사랑이 : 그래. 사랑하는 마음이 예쁘다면 예쁜 것이니.

미움이 : 그렇지만 수정아 모두 사랑한다고 한다면 세상
       은 이상해져, 왜냐하면 사랑의 눈은 비판을 못
       하니까, 나같은 미움이가 있어야 세상을 바르
       게 볼 수 있지.

수정 : 미움이의 말은 틀려 우리교회 선생님이 그러셨는
      데, 사랑의 세상이 되면 그보다 살기좋은 세상이
      없을거라고 했는데.

사랑이 : 그래 사랑의 세상이 오면 정말 아름다운 멋진
       세상이 될거야.

수정 : 난 혼자서라도 사랑의 세상을 만들거야.

미움이 : 장담하지 말라구. 엄마가 미워하고 엄마를 미

워할 때가 올테니까.

수정 : 난 엄마를 미워하지 않아. 엄마도 날 사랑하구.
(나가다 돌아서서) 나가서 엄마를 기다릴거야.
(퇴장)

만수가 화가난 얼굴을 하고 등장

만수 : 에이 (책가방을 던진다.) 기분나빠, 엄마는 거짓
말장이.

미움이 : 만수가 화가 났구나 그래. 화를 많이 내. 그래
야 기분이 풀릴거야.

만수 : 넌 누구야? 누군데 날더러 이래라. 저래라 그래.
화가 나 죽겠는데,

미움이 : 나? 난 만수야.

만수 : 누굴 놀리는 거야? 내가 만수야. 이리 나와봐. 누
군가 얼굴을 보자.

미움이 : 나갈 수 없어, 난 네 마음에서 살고 있으니까.

만수 : 내 마음에서 살아?

미움이 : 그래, 난 네 마음에서 살아. 넌 문제를 문제로
보고 이해하며 무엇이나 끝까지 해결이 될때까
지 싸우잖아, 바로 내가 그런거야.

만수 : 뭐라고?

미움이 : 화를 내게하고 마음에 안도는 친구 때리게도
      하고 지금처럼 엄마를 미워 하기도 하고, 그게
      바로 나야.

만수 : 그럼. 난 뭐야. 내가 누구야?

미움이 : 너와 나는 따로가 아니야 우리는 하나야. 한 몸
      이라고.

사랑이 : 만수야 화나지? 사람은 누구나 화가 날 때가 있
      어, 그렇지만 화를 내고 미워한 그것 때문에 후
      회도 하지.

만수 : 넌 또 누구야?

사랑이 : 나도 네 마음에서 살고 있어. 너에게 고운마음,
      사랑의 마음을 갖게해주지.

만수 : 고운마음? 사랑의 마음? 나에게도 그런 마음이
      있었나?

사랑이 : 넌 누구보다 더 큰 사랑의 마음을 가지고 있어.

만수 : 난 사랑의 마음이 없어, 불평하고 투정하고 미워
      하고 싸움하고.

사랑이 : 그렇지만 생각해 봐, 엄마가 혼자서 외로울 때
      만수가 늘 위로했고, 용기를 주었잖아. 엄마는
      만수의 이야기만 들으면 용기가 난다고 하셨잖
      아.

미움이 : 엄마는 늘 그렇게 말했지만 아마 사랑하지 않
기 때문에 그랬을거야.

만수 : 엄마와 나는 남이야. 난 엄마 아들이 아니라고.
그래서 엄마는 말로만 사랑했을거야.

사랑이 : 엄마의 사랑은 항상 진실해. 사랑의 가면을 쓰
고 사랑 한다고 말을 하지만 그것은 사랑이 아
니야, 사랑은 가면이 없어. 그 순간 그 때라도
사랑은 항상 진실하니까!

만수 : 그 말은 모르겠어 하지만 엄마는 지금까지 거짓
말을 해왔어. 우리를 속여 왔단 말이야.

미움이 : 그래, 지금까지 속여 왔어 엄마가 우리 모두를
사랑했다면 그렇게 속이지는 않았을거야.

사랑이 : 엄마는 속이려고 말하지 않는 것이 아니고 말
할 수 있는 때를 기다렸을 거야.

만수 : 아니야, 엄마는 나빠, 이해 할 수 없어, 사랑은 가
면이 없다고? 엄마는 사랑의 가면을 쓰고 우리를
사랑한거야,

사랑이 : 엄마가 사랑의 가면을 쓰고 지금까지 사랑하는
것 처럼 했다면 우리를 위하여 그렇게 고생 하
셨을까? 하루에 두집 세집 파출부로 일하셨을
까? 누구 때문에 무엇 때문에 그렇게 고생 하셨
을까? 사랑하기 때문이 아닐까?

미움이 : 아니야, 엄마의 고생은 엄마가 만들어서 하신
거야.
만수 : (책가방을 발로 차면서) 엄마는 싫어. (큰소리
로) 엄마는 미워.

무대가 어두어졌다 밝아진다. 무대는 골목길로 바꾸어진
다. 소라가 울면서 등장한다.

소라 : 엄마, 엄마, 어디 계세요. 난 엄마가 보고 싶어요.
(눈물을 닦는다.) 엄마랑 함께 살고 싶어요. 엄마
곁에서 살고 싶어요. 엄마 자장가를 들으면서 잠
자고 싶어요. (눈물을 닦는다.)
할머니 : (등장 하면서) 여기 나와서 또 울고 있구나. 어
서 들어가. 동네 챙피해서 못살겠다. 시간만 있
으면 울고 툭하면 집을 나가고.
소라 : (말이 없다.)
할머니 : 어서 들어가, 울어도 집에서 울어.
소라 : 집에서 울면 새 엄마가 미워 하는데요.
할머니 : 그럼 날마다 우는 아이를 누가 좋아하니.
소라 : 엄마가 보고 싶어요. 엄마가 ……
할머니 : 네 엄마는 널 버리고 다른데로 살 길 찾아서 갔
어, 엄마 생각도 말고 울지도 마라, 새 엄마가

　　　　미워 하는 것도, 너 우는 꼴도 다 보기 싫다.

소라 : 할머니, 할머니는 엄마가 계시는 곳을 알고 계시
　　　지요. 엄마를 한번이라도 보게 해 주세요.

할머니 : 알아도 가르쳐 줄 수 없어.

소라 : 날마다 울고 바보짓만 하는데 엄마에게 보내면
　　　좋잖아요.

할머니 : 나도 널 보냈으면 좋겠다 그런데 아빠랑 엄마
　　　가 반대하니 할 수 없다.

소라 : 그럼 날마다 더 울고 더 바보짓만 할래요. 쫓아내
　　　면 엄마에게 갈래요.

할머니 : (먼 산을 바라보며 한숨을 쉰다.) 난 어떻게 해
　　　야 할 줄 모르겠다.

소라 : 할머니 난 엄마에게 가고 싶어요. 할머니가 안 가
　　　르쳐 주면 집을 나가서 한집 한집 찾아 볼래요.

할머니 : 그래, 나가거라 네 엄마 따라 나가거라.

소라 : 할머니 정말이여요. 난 나가겠어요.

할머니 : 그렇게 엄마가 보고 싶니?

소라 : 꼭 한번이라도 보고 싶어요.

할머니 : 집에 들어가서 이야기 하자. 어서 들어가자.
　　　(할머니 퇴장)

소라 : 할머니 꼭 가르쳐 주셔야 해요. (소라도 따라서
　　　퇴장한다.)

무대가 어두워졌다 다시 밝아진다. 처음의 무대위에 만수가 화가 잔득나서 기다리고 있다.

만수 : 뭘하는 데 이렇게 늦어!

인정, 수정, 동수, 등장

인정 : 만수야. 무슨 일이 그리도 급하니?

만수 : 급한 일이야.

동수 : 형 그 급한 일이 무엇이야?

수정 : 오빠, 급한 일이면 빨리 말해.

만수 : 모두 내 말 듣고 기절하지마.

인정 : 기절해? 무슨 큰 일인데 기절해. 어서 말해 봐.

만수 : (심각한 표정으로) 오늘 학교에서 돌아오다. 슈퍼 앞에서 아줌마들이 말하는 것을 들었는 데. (말을 끊는다.)

수정 : 그래. 어쨌어? 오빠 심각한 표정을 하고 말을 끊어?

동수 : 형 확실하게 크게 말해 기절을 안할테니.

만수 : 아줌마들이 하는 말이 우리 모두가 남매가 아니래. 엄마도 우리 엄마가 아니고.

인정 : 뭐-야? 그걸 말이라고 듣고 와서.

수정 : 오빠 거짓말 하지마.

동수 : 형은 동네 아줌마 이야기 듣고 와서 괜히 난리야.

만수 : 아니야, 내 두 귀로 확실하게 들었어. 아줌마들이
엄마 흉까지 보면서.

인정 : 그럼, 확실한가봐.

만수 : 그 아줌마들 이야기가 맞아. 봐, 누나는 중학교 3
학년이지만, 우리는 육학년, 오학년, 사학년이잖
아. 뭔가 이상해.

수정 : 그래, 우리는 서로 너무 달라. 닮은 곳이 없어.

동수 : 하지만 난 엄마를 믿어. 우리를 위하여 그렇게 고
생하시는 데.

인정 : 동수말도 맞는 말이다. 그러나 우리는 너무 달라.
모두가 닮은 곳이 없어.

만수 : 엄마가 우리 엄마가 아니니까 때리기도 하고 미
워도 하고 일을 시키고.

동수 : 형은 맨날 나쁜 쪽으로만 생각해 반대쪽으로 생
각해 봐, 모두 닮았다고 찾으면 닮은데가 있잖아,
그리고 우리 만수는 누나와 하나도 닮은데가 없
어도 분명히 엄마 아빠가 같다고 했어.

인정 : 넌 어려서 몰라, 우리는 알 수 있어, 우리는 분명
모두 남이야. 엄마도 우리 엄마가 아니고.

수정 : 그러지 말고 엄마 오시면 물어보자. 물어보면 알

거 아니야?

만수 : 물어보고 할것이 어디있어. 동네 아줌마들의 이
    야기가 틀림없어.

미움이 : 엄마는 너희들의 어머니가 아니시지. 그러니
    아침이면 일찍 일어나라, 이런 일해라, 심부름
    해라, 때리기도 하고, 미워 하기도 하고,

사랑이 : 아니야. 엄마는 분명 너희들의 어머니야. 너희
    들을 누가 그렇게 사랑해 주겠니. 사랑하기 때
    문에 때리기도 하신거야, 남이면 어떻게 일을
    시키지?

미움이 : 아니야, 너희들을 사랑한다면 너희들에게 그렇
    게 일을 시키지 않을거야. 인정이 너는 아침 일
    찍 밥하기 부터 밤 늦게까지 집안일을 혼자 다
    하잖아. 엄마가 집에 오셔서 일한적이 없잖아.
    아침 일찍 나가면 밤 늦게 오고, 쉬는 날도 없
    고, 남들이 입었던 옷을 얻어 갖고 와서 입으라
    고 주고.

사랑이 : 어머니의 사랑의 수고를 너희들이 알아 주어야
    해.

인정 : 엄마가, 뭔가 이상해. 그래 난 어렸을 때부터 늘
    밥하고 빨래하고 청소하고 일만 했어.

수정 : 언니만 한거 아니야. 나도 늘 했어. 집안일은 우

리가 다했는데.

만수 : 늦게 집에 오셔서 집안이 더럽다. 왜 공부를 못하
니. 말을 안들어 못살겠다. 화를 내시고 매로 때
리기도 하고 우리 엄마가 아니야.

동수 : 난 엄마가 우리 엄마라고 믿어. 매를 때려도 사랑
하시기 때문에 때린거야. 잘못을 깨달으라고.

부·에서 소라가 부르는 소리가 난다.

소라 : 엄마 ─. 엄마.

수정 : 누가 찾아왔나.

인정 : 우리집에 엄마라고 부를 사람이 모두 여기 있는
데, 누가 찾아와.

소라 : 엄마, 집에 있으면 문을 열어 줘.

인정 : 우리집을 찾는 모양인데 문을 열어 주어라.

수정 : 내가 나가서 문을 열어줄께. (퇴장)

모두 말이없다. 수정이가 소라를 데리고 등장.

소라 : 우리 엄마 어디계시지.

인정 : 넌 누구니?

소라 : 난 소라야.

인정 : 소라—?

수정 : 소라가 누구니? 왜 우리 엄마를 네 엄마라고 해.

인정 : 우리 엄마가 네 엄마라고? 뭘 잘못 알고 온게 아니야.

소라 : (사진을 꺼내서 인정에게 준다.) 이 사진이 우리 엄마야.

인정 : (사진을 받아보고) 이 사진은 엄마가 틀림없는데.

만수 : 거봐. 엄마는 우리 엄마가 아니야. 소라가 딸이라면 우리는 모두 남이야.

소라 : 무슨 말인데? 너희 모두를 우리 엄마가 낳았다고? 아니야. 나를 낳으셨다고 했어.

동수 : 소라 누나는 어디서 갑자기 와서 우리 엄마를 엄마라고 해?

인정 : 그래. 넌 엄마가 낳은 딸일거야. 넌. 엄마와 닮았어. 우리는 모두 데려왔을 것이고.

수정 : 아이 속상해. 엄마 미워, 엄마 미워 (뛰어 나간다.)

인정 : 나도 기분나빠. 엄마가 거짓말을 하고 지금까지 속여왔어. 엄마가 싫어 정말 싫어. (퇴장)

만수 : 나도 거짓말 하는 엄마가 미워, 엄마가 미워 (퇴장)

소라 : 왜. 모두들 그래. 화가나서?

동수 : 누나. 누나는 엄마와 많이 닮았지만 우리는 엄마
와 닮은데가 하나도 없어. 우리 끼리도 닮은데가
없고, 그래서 모두 화가 난 거야.

소라 : 넌 몇학년이니?

동수 : 사학년. 누나는?

소라 : 난 육학년이야.

동수 : 만수 형하고 같은 학년이구나.

소라 : 엄마는 언제 오시나?

동수 : 항상 늦게 오셔, 오늘도 늦게 오실거야.

엄마 : (밖에서) 인정아, 엄마가 왔다 문열어.

동수 : 엄마가 오셨나봐. (밖으로 나가면서) 누나, 형,
엄마가 오셨어. 빨리 나와봐. (퇴장)

소라 : 엄마가 오셨다고?

　　인정, 만수, 수정 등장 하면서

인정 : 왠일이시지. 오늘처럼 빨리 오신날은 없었는 데.

만수 : 우리가 도망 갈까봐서 빨리 오셨나, 딸이 와서 빨
리 오셨나.

수정 : 정말 왠일이시지.

동수, 엄마와 함께 등장

엄마 : 인정아 너 왠일이니 이렇게 빠른 시간에.

소라는 엄마 얼굴만 쳐다보고 말을 못한다.

인정 : 엄마는 이렇게 빨리 왠일이세요? 엄마가 낳은 딸
     이 왔으니 빨리 오셨어요?
엄마 : 그래, 소라가 집에 왔다는 전화를 받고 왔다. 그
     런데 엄마가 낳은 딸이라니.
소라 : (엄마 가까이 와서) 엄마ㅡ. 엄마가 진짜 엄마지,
     엄마 날 알아볼 수 있어요. 내가 소라여요. 엄마
     ㅡ. (엄마 품에 안긴다.)
엄마 : 그래 네가 소라구나. 엄마가 틀림없다 내 딸 한번
     안아보자.
수정 : 언니, 만수 오빠 말이 맞아 우리를 저렇게 안아준
     적이 없어. 일하시다 빨리 들어 오신때도 없고.
인정 : 만수 말이 맞나보다. 우리는 모두 남이야.
동수 : 엄마, 우리는 안보여요? 우리도 안아 주세요.
엄마 : 그래. 모두 안아주지 너희 모두다.

(엄마가 팔을 벌리면서 눈물을 흘린다.)

만수 : 난 싫어요. 소라가 친딸이니 소라나 많이 안아 주
세요.

엄마 : 그게 무슨 말이냐. 너희들은 모두다 내 아들이고
딸이다.

인정 : 아니여요. 우리는 모두 엄마와 상관없는 남이여
요.

수정 : 무엇 때문에 어디서 우리를 데려 왔어요? 그냥 버
려두었으면....

엄마 : (수정이 뺨을 때린다) 누가 너희들을 데리고 왔
다고 그래.

인정 : 엄마. 친자식이 아니라고 이젠 뺨을 때리시나요.

엄마 : (화가 나서 인정이도 때린다.)

인정 : 왜 때려요. 소라가 왔으니 우리 모두 나가라고 하
면 되잖아요. 우리는 나가면 되고요.

소라 : 엄마. 내가 잘못왔어. 난 새 엄마랑, 할머니랑, 아
빠가 미워. 한집에서 살 수 없어 엄마에게 왔는
데. (울어 버린다.)

엄마 : 아니다. 잘 왔다. 할머니가 전화 했는데 울보 소
라 꼴보지 않아서 좋다고 하더라. 이제는 여기서
함께 살자. 할머니가 함께 살라고 했으니.

만수 : 그래요. 이제 딸을 찾았으니. 행복하게 사세요.

인정 : 우리는 남이니까. 이젠 신경 쓰지 않아도 되겠어
요. 넷이나 되는 우리들을 위해 고생 그만 하세
요.

엄마 : 누구에서 뭐라고 들었는지 모르지만 너희들은 모
두 내 아들이고 내 딸이다.

수정 : 나이도 비슷하고 얼굴도 다르고, 닮은데도 하나
도 없는데 우리가 모두 한식구라고요.

엄마 : 난 너희들의 엄마고 너희들은 내 자식들이야.

만수 : 동네 아줌마들이 그랬어요. 우리는 모두 데려다
키운 자식들이라 버릇이 없다고.

엄마 : 만수가 또 싸웠구나 그러니 동네 아줌마들이 그
랬지.

만수 : 싸움하지 않았어요. 그런데 동네 아줌마들이 모
여서 엄마 흉을 보면서.

엄마 : 알았다. 동네 아줌마들이 한 말은 너희들에게 하
고 싶은 말이 아니고 이 엄마에게 하고 싶은 말인
가 보다. (잠시 말을 멈추었다.) 소라가 집으로
왔으니 이야기를 해야 겠구나. 너희들이 알았다
니 이야기 해 주마.

인정 : 그래요. 속시원히 말해주세요. 그리고 이제는 우
리가 가고 싶은데로 가게 해주세요.

엄마 : 그렇게도 엄마가 밉고 보기 싫더냐. 인정이는 중

학교 3학년이 되었으니 세상이 어떤것을 알았을
거야. 너는 날 이해하고 사랑할 줄 알았는데.

인정 : 엄마, 그러면 왜 지금까지 숨겨왔어요?

엄마 : 난 널 내 딸이 아니라고 생각한 적이 없다. 그리
고 때가 되면 이야기 할려고 했지. 자 이리와서
앉아라. 지금 까지 한번도 말한적이 없는 소라도
한 식구다.

(모두 엄마 곁에 와서 앉는다.)

무대가 어두워졌다 다시 밝아진다. 가운데 앉아 있는 엄
마, 인정, 소라에게 밝게 비친다.

엄마 : 엄마에게는 아주 친하고 좋은 친구가 있었다. 얼굴
도 예쁘고, 공부도 잘했어. 좋은 남편 만나서 행복하
게 잘 살았지. 딸을 낳아서 백일이 지났을 때 시골
집에 잔치를 하고 돌아오다 온식구가 타고 오던 자
가용이 사고를 당했지. (엄마는 눈을 감고 잠시 생
각한다.) 남편이랑 다른 식구는 죽고 친구는 백일
지난 딸을 살리려고 아기를 안고 몸을 움추려서 아
기는 살렸지만, 친구는 다죽어 가면서, (한참을 생
각하고 눈물을 흘린다.) 아직 시집도 안간 나에게

그 딸을 맡기고 남편을 따라 갔지, 난 겨우 백일이
지난 아기를 키웠지. 나도 결혼을 했지만 딸이 있다
고 시집에서 쫓겨났고..., 그렇지만 변명도 내 딸이
아니라는 말도 안했다.

인정 : 엄마-. (눈물을 흘리며) 그럼 그 어린 딸이.

엄마 : 그래. 인정이 너다. 아빠였던 인수와 엄마였던 정옥
이 이름을 따서 내가 지어준 이름이다. 그런데 네가
내 딸이 아니라고. (울음이 계속된다.)

인정 : 엄마. 엄마-. 왜 이제 이야기 하세요. 빨리 이야기
해 주셨으면 엄마를 더 사랑했을텐데.

엄마 : 난 널 사랑한다. 그래서 이야기를 묻어 두려고 했지.
그리고 너도 엄마를 사랑하잖아. 난 너를 낳지는 않
았지만 너를 위해서 내 행복을 버렸어. 너를 사랑했
기 때문에 그 고통이 너를 낳을 때 고통보다 더 했을
거야. 그런데도 엄마가 아니라고.

인정 : 엄마-. (엄마 품에 안겨서 운다)

엄마 : 너는 내 딸이다. 소중한 내 딸.

무대가 어두워졌다 밝아진다. 모두의 눈에는 눈물이 가
득하다.

엄마 : 엄마는 인정이를 키우면서 생각했지. 아무리 큰

고생을 하더라도 좋은 엄마가 되겠다고. 소라가 있으면 소라만 사랑할까봐서 소라를 맡겨두고 만수, 수정이, 동수를 데리고 왔지 너희들도 인정이처럼 사연이 있다. 훗날 이야기해 줄 날이 있을 것이다.

소라 : 엄마, 난 ……

엄마 : 소라야, 넌 엄마 때문에 많은 구박을 받았지. 그러나 이제는 함께 살자 내가 일을 더하면 ……

인정 : 나도 일하러 나갈래요.

엄마 : 아니다. 난 너희들이 착하고 아름답고 씩씩하고 건강하게 자라, 세상에 좋은 일군이 되어 멋진 세상을 만드는 그런 사람이 되는 것이 엄마의 소원이다.

수정 : 엄마ㅡ. 엄마, 용서해 주세요. 난 엄마가 우리에게 거짓말하고 거짓으로 사랑 한다고 생각해서 화가 났어요.

엄마 : 수정아 사람들은 오해하고 화를 낼때가 있단다. 그러나 잘못을 알았으면 빨리 용서를 빌고 바른 길로 가고 더 사랑하면 좋은 사람이 될 수 있다.

만수 : 엄마ㅡ. (말을 못하고 울어 버린다.)

동수 : 형. 누나. 내 말이 맞지 모두 나에게 빌어.

엄마 : 동수야. 동수가 날 믿어 주었구나. 고맙다. (모두

엄마 품에 안긴다.)

엄마 : 자, 이제 일어나라. 인정이는 엄마랑 시장에 가
자. 식구가 모두 모였으니 맛있는 음식 만들어 먹
자.

인정 : 그래요. 엄마, 맛있는 음식 만들어 먹어요.

모두 : 좋아요. 엄마 잔치를 해요.

소라 : 엄마, 난 엄마 곁에만 있어도 행복해요. 엄마만
곁에 있으면.

엄마 : 그래. 나도 소라가 보고 싶어서 많이 울었다. 이
제는 울지 않아도 되겠지.

동수 : 엄마. 우리 만세 불러도 되지.

엄마 : 그래, 만세 불러봐.

동수 : 우리 엄마 만세, 동수 엄마 만세.

모두 웃는다. 웃음소리가 무대에 가득하고 불이 천천히
어두워진다.   ㅡ막ㅡ

14. 김집사의 성탄절

■ **나오는 사람 :**

김집사(김믿음)

박집사(김집사의 처 박인정)

할머니 1 (사랑), 2 (소망), 3 (은혜), 4 (기쁨)

경찰 1, 2 환자부부 1(남편), 2(아내)

✱ 연출자를 위하여

하나님의 능력의 손길이 아니면 이루어 질 수 없었던 사건을 극으로 꾸며 봤습니다. 사건이 나는 날부터 일주일, 하나님의 능력의 손길을 보았습니다.

이 극은 마당극입니다. 관객과 함께 고통과 슬픔을 나누며 함께 기도하고 모두 하나의 몸으로 사건의 해결을 위해서 노력하는 과정을 그렸습니다. 욕심이 넘치는 인간, 그러면서도 하나님이 주신 자비와 사랑의 마음이 우리 속에 있어 우리의 삶을 새롭게 해줍니다.

고통속에서 낙심하고 넘어지지만 그래도 붙드시는 하나님의 손길을 봅니다. 그 손길을, 모두 함께 찾을 수 있는 길을 보여주는 극입니다. 나오는 사람들을 통해서 성탄의 메세지가 전달되도록 특별한 연습이 필요할 것입니다.

무대는 교회나, 넓은 교육관 어디서나 가능합니다. 실외는 추워서 어렵겠고, 무대는 성도들이 둘러 앉아 있는 가운데를 이용해서 공연하시고 출연자는 관객과 함께 앉아 있다. 차례가 되면 나와서 참여하면 좋겠습니다.

무대는 각 마당마다 조금씩 설명을 주었습니다. 부족하면 연출자의 상상력에 의해서 무대를 장식하면 좋겠습니다. 나와서 공연하는 사람의 의상과 말 솜씨에 맞기는 것이 좋을 것입니다.

멋진 공연으로 하나님께 영광돌리시기를 빕니다.

첫째마당

김집사의 집.

　배우는 관객과 함께 앉아 있다가 차례가 되면 나온다. 필요한 소품은 자신이 준비해서 가지고 나오는 것이 좋을 것이다.

할머니 1: 성도 여러분 안녕하십니까? (대답소리가 작거나 없으면) 아니, 사랑의 할매를 뭘로 보고 대답이 없어요. 모두 입들을 본들 붙여버렸나. (다시 인사를 한다.) 안녕 하십니까? (동서남북. 네곳을 다 인사한다.) 아이구 인사를 받았으면 박수라도 재미있게 쳐야지 뭘 쳐다보고 있소. (박수소리) 아이구 목사님 안녕하십니까? (목사님 가까이 가서 손을 잡고) 우리 목사님께 박수. (박수소리) 박수를 잘쳐야 오래 살 수 있어. 그러니 박수 열심히 치십시요. (앞에 있는 작은 아이에게) 넌 왜 박수를 안쳐. (아기를 보고) 안영하세요? (모두를 둘러 보고) 자. 지금부터 내가 사랑하는 우리 김집사의 성탄절 마당놀이 막을 올리겠습니다. 박수도 많이 쳐주십시요. 자, 그럼 (징을 치는 흉내. 무대 뒤에서 징소리) 의사 선생님, (부

르면서 퇴장)

의사 : (하얀 까운에 청진기를 목에 걸고 나온다.) 세상
에는 여러가지 일이 많이 일어나지만 지난 한주
간 동안 우리병원에서 일어난 일이 너무 극적이
었습니다. 아니, 그 말로는 표현이 되지않는군요.
사람이 하는 일이 아니라 저 위에 계신다고 하는
그분. (작은 소리로) 사실 저는 믿지 않았지만
(다시 큰소리로) 아무튼 그분이 아니면 이루어질
수 없는 일이 일어났어요. 의사인 저도 너무 놀
라. 아—! 하나님이 하시는 일하면서 이렇게 (무
릎을 꿇는다.) 무릎을 꿇고 기도했지요. (다시 일
어서며) 자 우리 함께 김집사가 맞이하는 성탄절
의 의미를 찾아갑시다. (할머니 4, 등장)

할머니 4 : (허리를 굽히고) 의사 선생님 무슨 말을 그렇
게 어렵게 하세요. 간단하게 소개를 해야지
요.

의사 : (할머니를 부축하면서) 할말 다 했습니다. 뭐 하
고 싶은 말이 있어요? 그럼 더 하세요.

할머니 4 : 그럼 한마디 할까요? (인사를 하고) 우리 김
집사가 당한 이야기, 아니 간증을 잘 보세요.
(의사를 보며) 노래 불러도 되지요? (의사는
말이 없다.) 알았어 그럼 멋지게. (허리를 펴

　　　면서) 아이고 허리를 굽히고 있으려니 죽겠
　　　네. (허리를 두둘기다.) 루돌프 사슴코는 매
　　　우 반짝이는 코, (노래 부른다. 춤도 춘다.)
의사 : 할머니 됐어요. 어서 들어가세요. 김집사가 나올
　　　때가 됐으니. (둘이 퇴장)

자동차 소리. 조명은 등장하는 김집사를 비쳐준다.

김집사 : (피곤하고 겁 먹은 얼굴로) 아이구 하나님. 어
　　　　떻게 하지요. 어떻게 해요. (무릎을 꿇고 두손
　　　　을 모아 기도한다.) 하나님 지혜 주십시요.

박집사가 등장한다.

박집사 : 왠일이요? 집에 들어왔으면 기다리는 할머니들
　　　　에게 병원에 다녀왔다고 해야지요. 모두 기다
　　　　리고 있는데 (대답이 없는 김집사 얼굴을 살핀
　　　　다.) 왠일이요. 정신나간 사람처럼 하고,
김집사 : (일어서며) 그래. 큰 일이 났어, 내가 큰일을
　　　　저질렀어. 내가, 내가, 15년 동안 작은 사고 하
　　　　나 없이 운전했는데 내가.
박집사 : 사고? 무슨 사고를 냈단 말이요? 아이고 답답

해 말을해요.

김집사 : (정신이 없다. 다시 무릎을 꿇고) 하나님 저에
　　　　게 무슨 일을 시키시려고, 이런 시련을 주십니
　　　　까. 하나님의 뜻을 알게 하옵소서.

박집사 : (답답해서 어찌할 줄 모르면서) 할머니는 병원
　　　　에 모셔다 드렸어요?

김집사 : (말없이 기도를 계속한다.)

할머니 2 : (나오면서) 아니 왠일이야. 이렇게 추운 날씨
　　　　에, 방으로 들어가야지. 감기 걸리겠어.

박집사 : 그러게 말이어요. 말도 하지 않고, 이러고만 있
　　　　어요.

김집사 : (일어서면서) 모두 들어갑시다.

할머니 2 : 병원에서는 뭐라고 했어? 죽지는 않겠다고
　　　　했지?

김집사 : 모르겠어요 (고개를 흔든다.)

할머니 2 : 모르겠다니? 자네가 사랑의 할머니 모시고
　　　　병원에 갔었잖아. 그런데 몰라?

박집사 : 할머니. 병원에 가다가 무슨 사고가 있었나봐
　　　　요. 그런데 말이 없어요.

할머니 2 : 사고라니 무슨? 그럼 사랑의 할머니가 다쳤
　　　　단 말이야?

박집사 : 저도 잘 모르겠어요. 김집사가 말을 안해요. 저

렇게 정신 나간 사람처럼.

할머니 2 : 말을 해봐요. 그래야 어떻게 해야 할지 생각
　　　　 해 보지.

김집사 : (말이없다.)

할머니 2 : (돌아서면서) 내게는 말하기 싫은 모양이군
　　　　 그럼. 둘이 이야기해 보게.

김집사 : 아닙니다. 말씀드리지요.

할머니 2 : (돌아서면서 김집사의 얼굴을 쳐다 본다.) 그
　　　　 래. 모두 알아야지,

박집사 : 시원하게 말씀하세요.

김집사 : (한숨을 쉬고) 할머니를 모시고 병원으로 가던
　　　　 길에 도로공사로 길은 좁고 얼어서 미끄러운
　　　　 길을 속도를 줄여서 갔는데도 앞에 가는 차가
　　　　 갑자기 서서. 내가 놀랬나 봐요. 할머니 때문에
　　　　 마음은 급하고 갑자기 정차하니 미끄러져서 앞
　　　　 에서 오는 차를 받아버렸어요. 길은 미끄럽고
　　　　 어떻게 할 수 없었어요.

박집사 : 그래서요. 죽었어요?

김집사 : (또 한숨을 쉬고) 죽지는 않았을 거요. 그러나
　　　　 모르겠어요. 난 겁이나서 피를 흘리는 두사람
　　　　 을 싣고 병원에 입원을 시키고 할머니도 병원
　　　　 에 입원을 시키고 의사에게 돈을 갖고 오겠다

　　　　　고 부탁하고 나왔어요.
박집사 : 그럼. 결과는 모르겠네요?
할머니 2 : 그렇게 큰 사고는 아닐거야. 나는 하나님이
　　　　　보호해 주시고 도우신다고 믿고 있어. 너무
　　　　　염려하지 말라고.
박집사 : 내가 돈을 가지고 병원에 갈테니 당신은 집에
　　　　　있어요. 내가 잘 처리하겠어요. 꼭 집에 있어야
　　　　　해요?
김집사 : (힘없이 대답한다.) 알았어요. 하지만, 사고를
　　　　　냈으니 경찰서에 자수해야 할텐데.
박집사 : 몇시간만 참으세요. 도망친 것은 아니니까요.
　　　　　알았지요?
김집사 : 알았어요.
할머니 2 : 김집사 잘못만도 아닌것 같은데
김집사 : 아닙니다. 내가 천천히 가든지. 섰으면 됐을 것
　　　　　을, 내가 중앙선을 넘어서 남의 차를 받았으니
　　　　　다 내가 잘못한 것이지요.
할머니 2 : 그래도 환자를 싣고 가면서 그것도 죽을지도
　　　　　모르는 환자를, (잠시 말을 끊었다.) 빨리 갈
　　　　　수 밖에 없지.
박집사 : 내가 빨리 준비해 가지고 병원으로 가겠어요.
　　　　　그런데, 은행 문을 닫았는데 어디서 돈을 구하

지. (나간다.)

할머니 2 : 나도 함께 가겠어 사랑의 할머니가 내짝이니
　　　　　내가 간호해 주어야지. (따라서 나간다.)

김집사 : 무릎을 꿇고 기도한다.

조명이 어두워졌다 밝아진다. 경찰 1, 2 나온다.

경찰 1 : 실례합니다.

경찰 2 : 너무 조용한데요, 아무도 없는 것 같은데...

경찰 1 : 실례합시다. 누구 안계셔요.

할머니 3 : (천천히 나오면서) 누구를 찾아오셨어요.

경찰 1 : 여기가 김믿음씨 댁이 맞지요?

할머니 3 : 김믿음이 누구? (한참후) 아―, 우리 김집사
　　　　　가 김믿음이지, 네 맞는데요. (관객을 보고)
　　　　　모두다 늙어보라고, 나처럼 정신이 왔다갔다
　　　　　할 것이여.

경찰 2 : 김믿음씨를 만나려고 왔는데요.

할머니 3 : 지금 집에 없는데요.

경찰 1 : 밖에 차가 있는데 없다고 거짓말 하면 안되지
　　　　　요.

경찰 2 : 할머니 어디 있는지 말씀해 주세요.

할머니 4 : (나오면서) 은혜할미야 추운데 밖에서 뭘하

고 있어?

할머니 3 : 우리 김집사를 찾아왔는데 집에 없는 김집사
　　　　　　를 내놓으라는 거야.

경찰 1 : 할머니 그 김집사인가 하시는 분 집에 계시지
　　　　　　않으면 어디 있는지 알고 계실테니 알려 주세
　　　　　　요.

할머니 4 : 그럼 한번 찾아보시구려 이집에는 지금 할매
　　　　　　들 뿐이요. 할매 하나는 병원에 또 하나는 그
　　　　　　할매 간호하러 가고 박집사는 병원에 갔고 김
　　　　　　집사는 늘 걱정하더니 어디로 갔는지 모르겠
　　　　　　구.

경찰 2 : 할머니, 그럼 우리가 이집을 찾아봐도 괜찮겠지
　　　　　　요?

할머니 4 : 그래요. 시원하게 찾아보시구려.

경찰 1 : 그렇게 까지 찾을 필요 없겠소. 그냥 갑시다.

경찰 2 : 그럴까요. 그럼 가지요. 안녕히 계십시요. (나
　　　　　　간다.)

할머니 3 : 조심해서 가세요. 날씨가 너무 춥고 땅은 얼
　　　　　　었어요. 넘어지면 다쳐요.

경찰 2 : (나가다가 돌아서서) 할머니 김믿음씨 들어오
　　　　　　면 경찰에 꼭 나오라고 전해 주십시요.

할머니 4 : 그 말은 꼭 전해주지요. (경찰이 나간다.)

할머니 3 : (관객을 향하여) 여기 모이신 여러분 중에 혹
　　　　　시 우리 김집사 못봤어요.
관객 : 못봤는데요.
할머니 3 : 보시거던 빨리 집에 오라고 전해주세요.
할머니 4 : 그리고 우리 김집사를 위하여 기도 많이 해주
　　　　　세요. 부탁합니다.

조명이 차차 어두워진다.

둘째마당

조명이 밝아온다. 병실 침대위를 비치고 있다. 환자 2가
누워 있고, 1은 그 곁에 의자에 앉아있다. 환자 1은 팔과 다
리에 붕대를 감고, 환자 2는 어깨와 목을 붕대로 감고 누워
있다. 반대쪽에는 박집사가 처량한 모습으로 환자들을 바
라보고 있다.

박집사 : 죄송합니다. 지금까지 사고 한번 없이 운전했
　　　　는데 할머니가 정신을 잃고 사경을 헤매고 있
　　　　어서요. 정신없이 병원을 찾아가다 빙판진 길
　　　　에서 미끄러져서 사고를 냈나봐요. 지금도 정
　　　　신이 없고요. 그래서....
환자 1 : 아무리 정신이 없다고 해도 운전을 그렇게 하는

사람이 어디 있어요. 중앙선을 넘어와 달려가는
차를 치다니.

박집사 : 죄송합니다. 사고를 낸 사람은 어찌 할 줄 모르
고 괴로워 하고 있습니다.

환자 2 : 괴로워 한다면, 또 미안 하다는 생각이 있으면
얼굴이라도 보여야지 무서워서 도망쳤나요?

환자 1 : 그런 걱정은 하지마. 내가 경찰에 신고 했으니
곧 잡아다가 감옥에 집어 넣겠지.

박집사 : (할말이 없다는 듯이 그냥 바라만 보고 있다.)

할머니 1, 2가 나온다. 박집사를 보고 민망해 한다.

할머니 1 : (환자들에게 가서) 젊은이들 미안해요. 내가
그냥 죽었더라면 이런 사고는 없었을 것인데,
살아서 숨을 쉬니 우리 김집사가 나를 불쌍히
생각해서 병원에 싣고 오다가 사고가 났나봐
요. 그래도 다행이지요. 다친 곳이 심하지 않
으니.

환자 1 : 그래서요? 죽었더라면 좋았을 것인데 살아서
걱정이 된다 그말이여요?

할머니 1 : 무슨 말을 그렇게 해요. 난 살아 있는 것이 얼
마나 고마운데요.

박집사 : 할머니 그만하세요. 지금 여러 말을 해봐야 이
　　　　분들 마음만 아프게 합니다.

할머니 2 : 그래도 사람을 이해하고 사랑하는 마음이 없
　　　　다면 세상이 얼마나 삭막 하겠소. 돈이 제일
　　　　이라면 사람은 무엇이지요? 분명 잘못된 것
　　　　이지요.

환자 1 : 할머니 무슨말을 그렇게 하세요. 우리가 인정도
　　　　없고 아주 못된 사람으로 말씀 하시는데요. 돈
　　　　이야기는 저 아주머니가 먼저 했어요. 우리가
　　　　뭐라고 했는데 그렇게 심한 말을 하세요.

박집사 : 할머니께서 마음이 너무 아파서 그런 말씀하시
　　　　니 이해 해주세요. 죄송합니다.

환자 2 : 우리는 못된 사람이 됐고 죽일 사람이 됐으니
　　　　돈이나 많이 주세요. 기왕 나쁘다는 말을 들었
　　　　으니 돈이나 벌어야지요.

박집사 : 누가 나쁘다고 했습니까. 잘못은 모두다 저희
　　　　들에게 있습니다.

환자 2 : 할머니께서 말씀 하시는 것이 우리를 나쁜 사람
　　　　으로 이야기 하니까 기분이 나쁘잖아요.

할머니 2 : 미안해요. 내가 잘못했어요. 그래서 늙으면
　　　　쓸대가 없어. (한숨을 쉰다.)

할머니 1 : 박집사. 나도 많이 좋아졌고, 소망 할매가 여

기 있으니, 걱정말고 집에나 가봐요. 다른 할
매들이 가디리겠소.

박집사는 힘없이 일어나 나가면서 다시 돌아보고.

박집사 : 잠시 집에 갔다 오겠습니다. 아까 제가 드린 말
씀 잘 생각해 주세요.

박집사는 나가고 잠시 조용한 시간이 흐른다.

할머니 2 : 젊은 양반. 다쳐서 아파하는 사람에게 이런
말을 하면 어떨지 모르지만 우리 김집사가 사
고를 냈다고 얼시구나 하는 것 같아서 기분이
좋지않은데 우리 김집사나 박집사가 나쁜 사
람은 아니요. 돈이 많이 있는 것도 아니고 사
고를 내고 집에 와서 괴로워 하는 모습 보기
에 참 딱해서...

환자 1이 말을 막으면서

환자 1 : 세상에 나쁜 사람이 표시하고 다니나요. 내가
나쁜놈이다 하고 광고하고 다니는 것 보셨어요.

다 좋은 사람이고 다 나쁜 사람이지요.

환자 2 : 할머니는 할머니 손자라고 편을 들어 말씀하지
만 우리가 나쁜 사람이여서 그런 것이 아니라
우리도 알고 보면 좋은 사람입니다. 그리고 우
리 김집사 김집사 하는데 예수 믿는 집사가 그
러는게 아닙니다.

할머니 1 : 뭘 잘못 알고 있는데 요즘 젊은 사람, 돈 있고
똑똑한 사람이 늙은 부모 쫓아내고 저희들끼
리 잘 살자고 하던데 우리 김집사는.

환자 2 : (말을 막으며) 그럼. 우리가 노인들을 쫓아내고
우리끼리 산다고 그러세요. 어떻게 잘 알아요.

할머니 2 : 저기, 사랑 할매가 할려고 하는 말은 요즘 젊
은 사람들이 늙은 사람들을 버리고 잘 살지
만. 우리 김집사는 우리 같은 늙은이가 뭐가
좋겠어요. 그러나 좋아한다고 하면서 함께 살
고 있어요. 아까 손자니까, 편을 든다고 했지
만 손자가 아니요. 핏줄로는 아무 관계없는
사람이요. 다만 정으로 맺어진 사이지요.

할머니 1, 2가 무슨 생각을 하는지 말을 끊고 먼 곳을 바
라본다. 환자들은 할머니 얼굴을 쳐다본다.

할머니 1 : 내게도 젊은이들 처럼 잘나고 똑똑한 아들도
있고 손자들도 있지만 그들에게서 떨어져 혼
자 살았어요. 큰 아파트에서 잘먹고 잘 살면
서 나같은 늙은이는 돌보지 않았소. 아니 버
렸다는 말이 더 좋겠구먼. 그런데 아파서 죽
어가던 나를 우리 김집사가 받아주어서 벌써
6년을 같이 살았소. 내 아들도 손자들도 이렇
게 보살펴 주지않았는데...

환자 2 : 돈이 많이 있으니 돈자랑 하는 것이겠지. (비웃
는다.)

할머니 2 : 젊은이들 돈이 있다고 돈 자랑 한다고 나같은
늙은이를 네명이나 돌보아 주겠소? 그리고
우리 김집사는 공사장에 일하러 다녀요. 남들
처럼 호화롭게 살지도 않고, 우리 박집사는
새벽부터 일어나 밥하고 빨래하고 요즘에 그
흔한 세탁기도 없고, 낮에는 밭에서 일하고,
작은 여유만 있어도 고아원으로 양로원으로
가서 도와주고.

환자들은 할말을 잃고 쳐다본다.

할머니 1 : 젊은이들의 차와 부딛칠 때도, 내가 심히 아

파서 몸부림 치다 기절한 모양이요. 아침에
병원에 가자고 했는데 내가 기절하니 급하게
병원에 오다 사고가 난것이요.

조용한 시간이 흐른다.

할머니 1 : (일어나 엎드린다.) 젊은 양반 우리와 함께
기도합시다.

환자 2 : 기도요? 할머니가 하세요. 우리는 기도하는 것
에 취미 없어요.

할머니 2 : 기도는 취미로 하는 것이 아니요. 나도 하나
님도 모르고, 오히려 교회 다니는 사람, 예수
믿는 사람을 미쳤다고 했어요. 그런데 우리
김집사 부부를 만나고 나서 예수님이 어떤 분
이신지. 어떻게 우리를 사랑하시는지 배웠어
요. 왜 빨리 예수님을 만나지 못했는지 지난
세월이 후회스러워요. 그 후회가 오기전에,
그 사랑 맛보고 싶으면 함께 기도해요.

환자들은 말이 없다.

할머니 1 : 하나님 아버지 사랑의 손길로 우리에게 오셔

서 가난하고 병들고 의지할 곳이 없는 죄인의 친구가 되어주시고, 말씀으로 우리를 격려하여 주사 어려움을 이기게 하시니 감사합니다. 여기 있는 우리들을 위하여 기도합니다. 먼저 다친곳을 치료해주사 어려움을 이기고 하나님의 사랑을 체험하게 하소서. 우리 모두가 넉넉한 사랑의 마음을 가지고 살아가게 하소서. (기도 소리가 작아지면서) 조명도 점차 어두워진다.

세째마당

긴의자 하나가 놓여있다. 교회라고 알수 있도록 무대를 준비한다. 김집사가 바닥에 무릎을 꿇고 의자에 기대어 기도하고 있다. 조명은 김집사를 비친다.

김집사 : 하나님 진심으로 주님의 뜻을 따르기를 원했습니다. 주님의 사랑을 전하고 생명을 사랑하라는 말씀을 이루기 위하여 일했습니다. 그런데 그것이 내 자신을 위한 교만이고 잘못된 생각이였음을 이제야 깨달았습니다. 주여 잘못된 생각을 버리고 주님의 생각으로 가득채워 주님의 크신 뜻을 이루게 하소서.

　김집사는 고개를 깊숙히 숙이면서 기도하고 있다. 목사님이 조용히 다가온다.

목사 : 김집사님 기도를 들었습니다. 여기 있는 목사가 들었는데 하나님께서도 들으셨을 것입니다. 하나님은 우리 마음을 잘아시지요. 괴로워 하는 집사님의 마음 아시고 응답해 주실 것입니다.

김집사 : (고개를 들면서) 목사님 지금까지 나는 주님을 위하여 열심히 일했고, 부족함이 없다고 생각했습니다. 이런 제 생각을 아시고 하나님이 때리시는 것입니다. 너무 잘난체 했습니다. 주님의 일한다고 하였지만 나 자신을 위해서 일했고 하나님을 영화롭게 한다고 했지만 나 자신이 높아지고 영화를 얻으려고 했습니다. (고개를 숙인다.)

목사 : 그것은 김집사의 생각입니다. 집사님은 지금까지 하나님을 위하여 일했습니다. 그것을 내가 잘 알고 있습니다. 하나님께서도 인정하실 것입니다. (관객을 보고) 죄송합니다. 저는 이 마당극이 끝나면 목사가 아닙니다. 진짜 목사님을 모셔서 김집사를 위하여 한 말씀 부탁하겠습니다. (모두 박수)

본교회 목사님의 위로를 받는다.

목사 : (감사의 인사하고) 작은 고통을 통하여 더 큰 은
혜를 주시려는 하나님의 뜻입니다. 다만 우리는
우리의 생각 때문에 하나님의 뜻을 찾지 못할 뿐
입니다. 이번 기회를 통하여 더욱 큰 은혜와 사랑
을 주셔서 더 크게 쓰시려는 하나님의 뜻일 것입
니다.

김집사 : 목사님 감사합니다. 이제 병원에 가보겠습니
다. (일어서서 나가려고 한다.)

목사 : 집사님! 병원에는 내가 가서 살피고 이야기 하고
정리하겠습니다. 집에 가시든지 어디 조용한 곳
에서 조금 쉬십시요.

김집사 : (돌아서며) 목사님 다친 사람들 병원에 입원
시키고 그냥 왔습니다. 그때는 겁이나서 어쩔
줄 몰랐어요. 그러니 병원에 가봐야지요.

목사 : 집사님의 생각이 맞지만 내가 먼저 가보는 것이
좋을 것 같습니다.

김집사 : 목사님 감사합니다. (인사하고 돌아서서 나간
다.)

목사 : 여기 모이신 여러분. 어려움 당하고 있는 김집사

를 위하여 기도해 주시기 바랍니다. 이 시간 함께 기도하겠습니다. (의자에 앉으며 손을 모우고 기도한다.) 하나님 도와주옵소서. 낙심하여 넘어질까 두렵습니다.

온 교우들의 기도와 함께 조명이 어두어졌다 다시 밝아진다. 할머니 3, 4가 나온다.

할머니 3 : 목사님. 우리 김집사 여기 왔었지요?

목사 : (몸을 일으키며) 아. 할머니 오셨군요. 걱정이 많으시지요?

할머니 4 : 우리 걱정이야 걱정이겠어요. 김집사와 박집사가 걱정이지.

목사 : 너무 걱정 마십시요. 하나님께서 가장 좋은 길을 열어주실 것입니다.

할머니 4 : 목사님 우리 김집사가 무슨 잘못이 있다고 이런 고난을 주실까요?

목사 : (자리를 비켜주며) 우선 여기에 앉으세요. (조명은 세사람을 비춘다.) 하나님은 잘못을 벌주시기도 하시지만 더 큰 일을 시키기 위하여 훈련을 주십니다. 김집사에게 더 큰 일을 맞기게 되면 교만해질까봐. 미리 훈련을 시킨 것입니다. 저는 그렇

게 믿습니다.

할머니 3 : 그렇다면 얼마나 좋겠어요.

목사 : 김집사가 와서 기도하고 갔습니다. 많은 시간을
참회하는 기도를 드렸습니다. 하나님께서 기쁘게
받으셨을 것입니다. (말을 끊었다.) 그런데 추운
밤에 시내는 왜 갔지요?

할머니 3 : 김집사가 말씀드리지 못했군요. 사랑 할머니
가 저녁을 먹고나서 열이 심하고 정신을 잃고
신음하니 일하고 들어와서 저녁도 먹지 못하
고 병원으로 모시고 가다가 얼음판에서 차가
미끄러졌나봐요.

목사 : 그러면 뭘 먹었을까요?

할머니 4 : 아마 아무것도 먹지 못했을거요. 병원에 세사
람 입원시키고 놀란 가슴을 안고와서 우리도
정신이 없어서 먹었느냐, 먹겠느냐 묻지도 못
했어요.

목사 : 아무것도 먹지 못했을 것 같군요. 할머니께서 어
서 집으로 가서 무엇을 잡수시도록 준비해 주세
요.

경찰 1, 2가 나온다.

경찰 1 : (인사 하면서) 목사님이시지요?

목사 : 네, 어서 오십시요.

경찰 2 : 여기 김믿음씨가 왔지요?

목사 : 오기는 했습니다만...

경찰 2 : 어디 있지요, 사고를 일으키고 숨어 버리면 죄
          가 더 커지지요.

목사 : 숨지도 않았고, 숨기지도 않았습니다. 어제밤에
        병원에서 집으로 왔다가 교회로 와서 조금전까지
        기도하고 갔습니다.

경찰 1 : 사고를 일으켜 놓고 교회에서 기도만 하면 해결
          됩니까?

목사 : 그 사람이 도망을 간다거나, 사고당한 사람을 길
        거리에 두고 그냥 간것도 아니고 병원에까지 옮
        겨서 입원 시키고 병원에서도 확인하고 돌아왔는
        데 도망은 아니지요.

할머니 4 : 도망은 말도 아니지요. 우리 김집사는 도망가
            고 싶어도 우리 때문에 도망 갈 수 없어요.

경찰 2 : 할머니 때문에 도망갈 수 없다고요?

할머니 4 : 나같은 늙은이들 여럿이 김집사만 쳐다보고
            있으니 어떻게 도망가요. 관객에게 물어봐요.
            잘 알고 계시니.

경찰 1 : (관객을 향해) 정말 도망 갈 수 없나요? (관객

의 대답을 듣고) 틀림없어요? (대답을 듣는다.)

목사 : 확인이 되었지요. 경찰서에서도 김집사에 대하여 잘 알고 있을 것입니다. 지난 5월 가정의 달에 상을 받았으니 그때도 상받을 일을 안했으니 받을 수 없다고 사양해서 박집사가 대신 받아왔어요.

경찰 1 : 무슨 상을 받았어요?

목사 : 내가 내 교인을 자랑하는 것이 이상할런지 모르지만 이웃을 사랑하라는 주님의 말씀을 몸으로 실천하는 요즘에 보기드문 사람이지요. 상은 많이 받았어요. 도지사, 군수에게서요. 그러나 늘 이름없이 빛도없이 하나님께서 인정하시면 그보다 더 큰 상이 어디있겠느냐고 하면서 살아온 사람입니다.

경찰 2 : 무슨 상을 받았는지 알아보면 다 알 수 있고, 여기 없으니 다른곳을 찾아봐야지요.

목사 : (할머니들을 돌아보고) 어서 가십시요. 집에서 기다리는 사람이 있을테니, (경찰에게) 여기서 이러지 마시고 함께 들어 가시지요. 추운 날이니 따뜻한 차나 한잔 들고 가십시요.

경찰 2 : 그렇게 하지요.

할머니들이 나가고, 조명이 점차 어두워진다.

네째마당

조명이 밝아지면 병실에 환자 2가 누워 있고, 1은 그 곁에 있는 의자에 앉아있다. 의사가 진찰을 마치고.

의사 : 많이 좋아졌어요. 이젠 걱정 안하셔도 되겠습니다.

환자 1 : 그래도 아프다고 소리치고 밤이면 울기도 한데요.

의사 : 심하게 다치지 않았으니 마음을 편히 가지고 약을 잘 드십시요.

환자 2 : 의사 선생님, 진단서를 끊을 때 몇주 더 끊어주세요. 그래야, 치료비를 받아서 치료를 잘 할 수 있지요.

환자 1 : 몇주 더 입원해야 한다고 의사 선생님이 말씀하시면 됩니다. 부탁합니다.

의사 : (환자들을 쳐다보며) 누구 죽일 일있어요. 가짜 진단서를 끊어달라구요? 참 나쁜 사람들이구먼. 오히려 처음에 진단을 잘못해서 고쳐야겠다고 생각하고 있는데. 다시는 그런말 하지 마십시요. 그럼. (의사가 화가 나서 나간다.)

환자 둘이서 얼굴을 쳐다본다. 박집사가 나온다.

박집사 : (환자 반대편에 있는 의자에 앉으며) 제가 부
　　　　탁드린 것. 생각해 보셨어요? (환자들을 쳐다
　　　　본다.)

환자 1 : 뭘 생각해 보았느냐구요?

박집사 : 이렇게 부탁합니다. (손을 모아 빈다.) 그 정도
　　　　선에서 저희들을 도와주시면 좋겠습니다.

환자 1 : 우리에게 봐달라구요? 잘 가던 차를 받아 이렇
　　　　게 병신으로 만들고 일도 못하게 병원에 누어있
　　　　게 하고 잘 봐달라고요?

환자 2 : 자동차도 비싼 차든데요. 돈이 없다구요. 돈이
　　　　없으면 할 수 없네요. 감옥가서 몇년 살다 와야
　　　　지요.

박집사 : 입장을 바꾸어서 생각해 보세요. 말이라도 그
　　　　렇게 할 순 없습니다.

환자 2 : 그래요. 바꾸어서 이야기해요. 당신네들이 여기
　　　　누어있다면 더 큰 돈을 요구 했을 것입니다. 우
　　　　리같은 사람이니까 그정도로 봐준다구요.

박집사 : 그러면 얼마를 더드릴까요?

환자 2 : 얼마를 더 드릴까요? 참 우습네요.

환자 1 : 목을 다쳐서 누워있는 사람이 말을 너무 많이해

요. 그만하세요. (박집사를 보고) 우리가 요구
하는 금액을 모두 주겠어요? (박집사가 말이 없
자) 그럼 갑절을 주세요.

환자 2 : 그까짓것 가지고 피겠어요.

박집사 : 제가 이야기한 정도는 할 수 있지만 갑절은 어
렵습니다. 모두 빌린 돈인데.

환자 1 : 그러면 없었던 이야기로 합시다. 그 사고 운전
수나 오라고 해요.

환자 2 : 경찰은 뭣하고 있지 뺑소니 운전사 하나 잡지못
하고.

박집사 : 뺑소니 운전사라니요. 말을 그렇게 해도 되는
거요. 데려다 병원에 입원시키고 치료하도록
하고 보상 이야기 하고 있는데 뺑소니라니요.
참 나쁜 사람들이군요.

환자 2 : 그래요. 나쁜 사람이니 돈을 가져오기 전에는
이 방에 들어오지 마세요.

환자 2가 화가나서 일어나 앉는다. 환자 1은 다시 눕게하
고 박집사는 화를 삼키고 있다.

환자 1 : 어서 나가요. 꼴도 보기 싫어요.

조명이 경찰 1, 2를 비춘다. 경찰 1이 관객중 아저씨를 데
리고 와서 의사에게 확인한다.

경찰 1 : 의사 선생님. 이 사람이 그 사고를 낸 운전사가
         맞아요?
의사 : 아닌데요. 그 운전사는 더 젊어요.
경찰 2 : (다른 사람을 데리고 와서) 그럼 이 사람은요?
의사 : 아닙니다. 너무 젊어요.

조명이 다시 환자들에게 비친다. 박집사가 일어나 나가
려고 한다. 경찰관, 의사가 들어오면서.

경찰 1 : 아주머니 잠깐 가시지 말고 계세요. 확인해야
         하니까요.
환자 2 : 아저씨 잘 오셨어요. (일어나 앉으며) 그 뺑소
         니 운전사를 잡았어요?
경찰 1 : (환자를 보고 웃으면서) 뺑소니 운전사요? 누
         구를 말하는 것이지요?
환자 2 : 우리를 이렇게 만든 그 운전사 말이어요.
경찰 2 : 환자들을 병원에 입원시키고 갔다고 하던데.
환자 1 : 그래도 얼굴을 보지 못했어요. 여자만 보내서
         해결할려고 하니 뺑소니 운전사지요.

경찰 1 : 말을 조심해서 해야지요. 길거리에 버려두었으면 얼어 죽었을 것을 병원에 입원시켜 살려주니 뺑소니라고 큰소리친다. 이상한데.

환자 2 : 아저씨가 함부로 말하시네요.

경찰 1 : 그래요. 말을 함부로 해보지요. 첫째, 당신(환자 1을 향해) 이 진짜 뺑소니 운전사지요. 그래서 운전 면허가 취소됐고, 둘째, 운전 면허가 없이 운전했으니 무허가 운전으로 사고를 당했어도 당신 잘못이요. 세째, 여기 계신 의사 선생님에게 가짜 진단서를 요구했으면서 누구에게 책임을 말해요.

의사 : 나도 이제야 알았어요. 당신이 무면허 운전이라면 책임은 당신에게 있고 또 사고를 낸 차는 응급 환자를 싣고오는 중이었기 때문에 긴급차량으로 취급을 해야합니다. 여기 아주머니께서 모르고 사정하고 계신데 당신들은 치료비도 받을 수 없어요. 너무 큰소리 치지 말아요.

박집사가 경찰과 의사의 말을 듣고 길게 한숨을 쉰다.

경찰 2 : 새건을 담당하고 있는 검사님도 운전자이신 김민음씨의 이웃 사랑의 많은 일들을 다 기억하고 있고, 함께 어려운 사람들을 도우시고 계십니다. 우리가 잘 몰라서 김믿음씨에게 실례를 했지만 참 좋으신 분들인데 뭐 뺑소니 운전사라고요?

경찰 1 : 김믿음씨가 어려움을 당하고 있다고 누가 이야기 했는지 모르지만 많은 사람들이 와서 그분의 사랑의 마음을 증거해 주었습니다. 모두 어렵게 사는 사람들입니다. 특히 신앙이 좋은 이 시대의 최고 의인이라고 경찰국장님이 보증을 해주셨는데 어때요. 그래도 김믿음씨를 연행해서 감옥에 보낼까요. 그러면 무면허 운전을 했던 당신은 받을 돈이 없어서 치료비부터 다 내놓아야 하는데.

환자 1 : 죄송합니다. 아주머니 말씀대로 하겠어요.

경찰 1 : 아니지요. 의사 선생님을 통해서 다 들었습니다. 그 많은 돈을 빚내서 가져 왔는데 갑절로 달라고 했다면서요. 마음씨가 곱지 못하면 그대로 대접을 받아야지요. 더 이상 말하지 말고 치료비나 보태주라고 하면.

환자들은 말이없다.

박집사 : 그럴수는 없지요. 가져온 돈은 드려야지요.

경찰 2 : 너무 많아요. 심하게 다치지도 않았는데 가짜
　　　　진단서까지 청구했던 못된 사람에게 모두 주지
　　　　말고 반절만 주세요. 그러면 좋겠지요.

환자 1 : (어쩔수 없다는 듯이) 그렇게 하세요. (작은소
　　　　리로)

경찰 2 : 좀 크게 대답하시요.

환자들이 고개를 끄덕인다.

박집사 : 입원비도 우리가 책임지지요.

의사 : 입원비 걱정은 하지마십시요. 너무 많은 분들이
　　　입원비에 관심을 보여주셔서 해결이 됐습니다.

경찰 2 : 사람이 욕심을 적당히 부려야 찾아 먹을 것이
　　　　많은 법이요. 빨리 아주머니와 결정을 했으면
　　　　대접도 받고 좋을 것인데. (박집사를 보고) 이
　　　　제는 집으로 가십시요. 환자들 치료는 의사 선
　　　　생님에게 맡기시고.

의사 : 그러십시요. 여기 일은 걱정마십시요.

박집사 : 감사합니다.

경찰 1 : 오히려 우리가 감사드려야지요. 지금까지 메마
　　　　른 가슴에 사랑의 씨를 심었기 때문에 사랑의

열매를 맺게된 것입니다.

경찰 2 : 당신들도 이분들을 본받아요. 멋지게 살려면 마음을 곱게 쓰고요. 진실한 삶은 언제나 복을 받게됩니다.

환자들은 말이없다. 경찰들과 의사 박집사의 웃음소리가 들린다. 조명이 웃음소리를 따라 어두워진다.

다섯째 마당

김집사의 집, 가운데 성탄목이 서있고 츄리의 밝은 빛이 사람의 마음을 비춘다. 성탄목 밑에는 선물이 쌓여있다. 고요한밤, 거룩한밤, 찬송이 들린다. 김집사가 등장한다.

김집사 : (관객을 향하여) 성탄과 새해에 복많이 받으세요. (관객의 대답을 듣고) 하나님 감사합니다. 이 죄인을 사랑하시어 이 어려운 일을 해결해 주시고 성탄을 맞이 하게 해주셨습니다. 늘 혼자라고 외롭게 생각했습니다. 그런데 하나님의 크신 사랑과, 위해서 기도해 주신 많은 성도들을 만났습니다. 더 힘을 내고 굳게서서 세상에 오신 주님의 뜻을 이루게 하옵소서. 도구로써 더 열심히 충성하게 하옵소서.

박집사 : (나오면서)어서 준비하세요. 모두 오실 시간이
됐어요.

김집사 : 준비는 다 됐어요. (박집사의 얼굴을 쳐다본
다.)

박집사 : 뭘 그렇게 보세요. 내 얼굴이 이상해요?

김집사 : 아니요. 오늘처럼 예쁘고 멋있게 보인 날이 없
었던것 같소. 고생 많이했어요. 고맙소. (손을
잡는다.)

박집사 : 쑥스럽게 무슨. (사이) 내가 무슨일을 했다고
요. 당신이 고생 많이 했지요.

김집사 : 고생도 했지만 하나님의 크신 은혜를 깨닫게
되었으니 나에게는 은혜의 시간이였어요. 하나
님을 사랑하고 이웃을 사랑하는 진짜 하나님의
사람이 될것입니다.

박집사 : (시계를 보면서) 오실 때가 되었는 데 왜이리
늦으시지.

할머니 1, 2, 3, 4 나온다.

할머니 1 : 우리 김집사, 박집사, 성탄을 축하하고 복 많
이 받아요. 지금까지 처럼 가슴을 활짝열고
하나님의 사랑을 가득히 담아요. 이천년 전에

사랑을 가득안고 세상에 오신 예수님을 모시
고 예수님과 함께 살아요. 그리고 우리같은
늙은이들 더 사랑해주고, 나 때문에 고통을
그렇게 당했는데 내가 무었으로 갚을까? 갚
을 게 없어서 걱정이야. (사이) 고난을 통해
서 사랑은 더 크게 자란다고 했어 이 성탄절
을 통해 어제의 고난이 오늘의 큰 사랑으로
가득채워지기를 바라고 진짜 복 많이 받아요.

할머니 2 : (김집사 손을 붙잡고) 나같은 늙은이 성탄절
만 돌아오면 우리 김집사에게 감사해. 그때가
3년전 성탄절이였어. 김집사를 만나지 못했
으면 길거리에서 얼어 죽었을거야. 소망 없는
나에게, 죽음이 기다리는 나에게 하나님께서
김집사를 보내 주었어, 나를 살리시려고, 내
소망 모두 김집사에게 줄테니 받아. 이번에
늘 기도하기를 오직 김집사가 잘되기만을 빌
었어. 하나님께서 내 기도를 들어 주시는거
야. 우리 기도가 너무 작아서 이런 일이 있었
나 싶어서 더 열심히 기도하기로 했어. 복 많
이 받고, 예수님의 크신 사랑 많이 받아.

할머니 3 : (김집사에게 가까이 와서) 이 할매야. 빨리
손을 놔. 그래야 다음 사람도 잡아보지. (김

집사 손을 빼앗아 붙잡고) 나 은혜 할매야. 김집사. 하나님의 넓고 크신 은혜를 생각하면서 불쌍한 나같은 할매들 더 사랑하고 하나님이 원하시고 기뻐하시는 일 많이 하시길 바래요. 그리고 성탄을 정말 축하해. 이번 어려운 일 때문에 하나님이 우리 김집사 박집사 얼마나 사랑하는지 알게됐어. 변하지 말고 더 열심히 살기를 바래. (박집사의 손을 잡는다.)

할머니 4 : 나도 기뻐. 지금의 고난이 장차 받을 영광에 비교하면 아주 작은 것이라고 하신 말씀을 생각해. 사람은 뿌리는 그대로 거두는 거야. 더 좋은 씨를 뿌리기를 바라고 우리가 더 열심히 기도 할테니 더 큰 고난도 이겨내기를 바래요.

박집사 : 고맙습니다. 할머니들의 기도를 하나님이 들어주셔서 성탄절에 너무 크고 좋은 선물을 주셨습니다. 참 감사합니다.

김집사 : 예수님을 따라서 병들고 가난한 사람. 천하고 버림받는 사람들을 위하여 열심히 일하면서 숨질때까지 오직 하나님을 찬양하겠습니다.

ス·동차 소리, 멈추는 소리와 함께 경찰 1, 2, 환자 1, 2, 의사가 나온다.

의사 : 김믿음씨 들어가도 괜찮겠지요.

김집사 : 어서 오십시요. 기다리고 있었습니다.

경찰 2 : 메리 크리스마스, (사이) 이렇게 인사하면 됩니까?

경찰 1 : 기왕이면 우리말로 하지요. 모두 웃는다.

경찰 2 : 검사님이 보내신 선물을 성탄을 축하한다는 인사와 함께 할머니들의 따뜻한 옷입니다.

경찰 1 : 우리 서장님이 따뜻하고 털이 있는 털실을 선물로 보내주셨습니다. 할머니들 새해에는 더 건강하시라는 인사도 하시고요. 두 집사님들에게는 더 멋지게 사시라고 부탁하셨습니다.

의사 : 그리고 여기 두분은 이번 사고로 잃었던 소중한 것을 찾았다고 꼭 같이 오겠다고 해서 같이 왔습니다.

김집사 : 아프실텐데 오셔서 감사합니다.

환자 1 : (김집사 손을 잡고) 감사합니다. 결혼 전에는 열심히 교회를 다녔습니다. 그런데 사람을 사랑하다가 하나님을 잊어버렸습니다. 나 자신도 모르게 방탕하게 살아왔습니다. 이번 사고로 집사님을 만났고 하나님을 다시 만났습니다. 양심도 찾았습니다. 정말 죄송합니다.

환자 2 : (박집사의 손을 잡고) 아주머니 감사합니다. 여기 저희들이 받았던 돈입니다. 이돈을 돌려드릴 테니 할머니 한분이라도 더 사랑해 주시기를 원합니다. 우리는 돈보다 더 귀중한 하나님의 사랑을 찾았습니다. 그것으로 너무 큰 보상을 받았습니다.

박집사 : 반갑고 감사합니다. 하나님께서 이렇게 만나게 해주셨습니다. 우리 서로 잊지 말고 가까이 살면서 하나님의 뜻을 이루어 갑시다. 할머니들을 모시는 일은 나 혼자의 힘으로는 못합니다. 많이 도와주시기 바랍니다.

경찰 1 : 저도 하나님을 믿기로 했습니다. 하나님이 어떤 분이신데 이렇게 사람을 변하게 하는 지 꼭 알고 싶습니다.

의사 : 사실 저는 할아버지가 장로님이였습니다. 늘 마음에 계신 하나님을 믿음으로 만나면서 그나라를 위해 일하지 못했습니다. 이제부터 할머니들의 모든 병에 대해서는 제가 감당하겠습니다.

김집사 : (관객을 보고) 여러분! 여기 계신분들의 신앙고백을 들어보셨지요. 여러분 어떠십니까? (사이) 하나님이 세상에 오셨습니다. 우리에게 참

된 평화와 기쁨을 선물로 주시려고 오셨습니다. 세상에 오신 그분을 찬양합시다.

모두가 손을 잡고 성탄인사를 한다. 김집사와 박집사는 준비한 선물들을 관객들 중에 할머니 할아버지에게 나누어 준다. 참 반가운 신도여 찬송이 크게 나온다. 모두 손을 잡고 일어서서 찬송을 부른다. 조명은 사라지고 교회안이 불빛으로 가득찬다. 모두 성탄 인사를 나누고, 고요한밤 거룩한밤 찬송소리와 함께 막을 내린다.

*
내 친구를 찾습니다
*
인쇄일 ― 1999년 10월 15일
발행일 ― 1999년 10월 20일

*

지은이 ― 김　창　수
펴낸이 ― 이　규　종
펴낸곳 ― 엘맨출판사
*
서울시 마포구 합정동 433 - 62
출판등록 ― 제10 - 1562호(1985. 10. 29.)
*
TEL. ― (02) 323-4060
FAX. ― (02) 323-6416
*
잘못된 책은 바꾸어 드립니다.
*
값 6,500원